Seul, São Paulo

Gabriel Mamani Magne

Seul, São Paulo

tradução
Bruno Cobalchini Mattos

todavia

esse corpo desde El Alto ou Llojeta
esse corpo definitivamente em teu desejo

Blanca Wiethüchter

I 9
II 31
III 59
IV 93
V 135

I

Na sala há um monólito. Sempre esteve ali. Chegou antes da minha avó nascer e provavelmente sobreviverá a todos nós.

Está incrustado no chão.

Mede um metro e cinquenta.

Tem cor de cimento úmido.

Às vezes, dá vontade de rezar para ele.

Quem colocou o monólito ali não pensou que as gerações futuras inventariam algo chamado televisão, pois o acomodou bem no meio da sala.

Penso em todas as coisas que poderíamos pôr no seu lugar. Uma mesinha para as revistas. Um tapete para o meu sobrinho brincar com seus dinossauros. Uma televisão de LED.

Minha avó me contou que, muitos anos atrás, nosso monólito era famoso. Cientistas do mundo todo vinham fotografá-lo. Um deles, inclusive, ofereceu bastante dinheiro para levá-lo a um museu.

Meus avós recusaram a oferta. Acreditavam em maldições. Ainda acreditam: por isso não se desfazem dele.

Quando crianças, minha irmã e eu convocávamos os vizinhos e formávamos uma roda em volta do monólito. Anos mais tarde, quando ela começou a namorar aquele que seria seu futuro marido, descobri que, na parte dianteira da estátua, à altura das pernas, alguém havia talhado um coração dentro do qual se liam as iniciais dos apaixonados.

Já viu dias melhores, o monólito.

Nós o chamamos de Tunupa.

Mas nada disso tem real importância.

Tampouco o fato de Tayson ter medo de Tunupa e às vezes sonhar com ele.

Divago muito. Perco o fio da meada o tempo todo. Viajamos numa van lotada e meu primo tem essa expressão no rosto que sempre me desconcerta. De felicidade e tristeza. Tudo ao mesmo tempo. Feliz e triste, como o camisa 9 que é o artilheiro do campeonato mas não tem a quem dedicar seus gols.

A van segue devagar e do outro lado da janela as mulheres organizam suas vendinhas. Sábado de maio. Manhã fria. As botas me incomodam. O uniforme de pré-militar* fica apertado em mim. Observo meu sobrenome bordado na blusa e saber que sou melhor que os desertores me enche de um orgulho fugaz.

Chegamos.

Batemos continência para um veterano, entramos.

As manhãs na base aérea nos contagiam com uma paz que só se desintegra quando o suboficial Sucre dá as caras. Seis e meia da manhã; os passarinhos cantam. Azul, laranja, lilás: o céu ainda meio por fazer.

---

* "Pré-militar" é um serviço para o qual os estudantes bolivianos são enviados no último ano escolar. Eles frequentam uma das Forças Armadas nacionais uma vez por semana durante o ano letivo, e diariamente nas férias. Esse sistema foi criado porque muitos jovens não queriam passar um ano inteiro no quartel, já que o serviço militar é obrigatório na Bolívia. [N. E.]

Tayson gosta da base aérea. Gosta de El Alto, da sua geografia. Diz que aqui temos direito ao horizonte. Você olha, olha, diz num castelhano fanhoso, e tudo é pampa. Olha, olha, continua a dizer, e se olhar mais adiante, é horizonte. Não é como em La Paz — é minha opinião —, onde as montanhas, centenas delas, fazem com que você se sinta cercado e pense que é impossível escapar.

Cumprimentamos os colegas. Um deles, Pacheco, pede um pouco de linha emprestada. Precisa costurar um botão da sua blusa. Se me virem, estou fodido, diz. O suboficial Sucre é obcecado pelo uniforme.

Tenho linha num saquinho que guardo no bolso lateral da calça. Mas, como acho Pacheco um imbecil, por mim tudo bem se o encherem de porrada.

Tayson não pensa assim. Procura na sua mochila: nada. Pergunta a Chuquimia, a Aróstegui, e nada. Então arranca um botão da própria blusa, desprende a linha e entrega ao colega.

Obrigado, diz Pacheco, surpreso.

Essa não será a maior loucura de Tayson hoje. Enquanto o sargento Bohórquez dá a ordem do dia com voz de fumante derrotado, tento adivinhar quais ideias fervilham sob o quepe do meu primo.

Para entender o que Tayson fará nesta tarde é preciso retroceder alguns anos. Até seu nascimento: Tayson nasceu em São Paulo, Brasil, no mesmo dia em que a Bolívia jogava a final da Copa América de 1997. A partida era em La Paz; o rival, a Canarinho de Ronaldo. Minha tia Corina, a mãe dele, fala sobre o medo que congelou seu corpo quando percebeu que os enfermeiros estavam com fones de ouvido.

Eu sentia medo, diz. Naquele país todo mundo é louco por futebol. É pior que aqui. Vai que, por estar escutando a partida, o médico cortasse algo que não devia cortar. Vai que a Bolívia ganhasse e, por vingança, os enfermeiros aumentassem a temperatura da incubadora e seu primo se queimasse.

Mas a Bolívia perdeu. Tayson não se queimou.

Pelo contrário: nasceu mais claro que o resto da família Pacsi.

Sua infância foi uma batalha constante entre a língua dos seus pais e a língua do seu passaporte. Muito portunhol. Também um pouco de aimará. A família morava num bairro de bolivianos, em meio a tucumanas e frango frito. Era El Alto no Brasil, conta tio Waldo. Era como se nunca tivéssemos passado de Garita de Lima. Meu compadre — prossegue tio Waldo — tinha um salão de cabeleireiro na rua Coimbra. Igual na Pasarela Pérez: dava para escolher corte *firpo* ou tigelinha.

Contra todos os prognósticos, meu primo decidiu cachear o cabelo.

Tinha treze anos, a idade em que se decidem muitas coisas:
virou corintiano,
começou a trabalhar,
decidiu que se apaixonaria.

Pego o mapa-múndi e vejo a cidade natal do meu primo: é difícil para mim aceitar que alguém possa nascer tão ao oriente. Tão perto do mar, tão sem *aguayo*. Tayson me contou que seu primeiro beijo foi com uma boliviana recém-chegada ao Brasil. Se apaixonaram, se machucaram. Tayson disse que a superou logo depois. Mentira. Uma vez, quando estávamos bebendo com uns colegas da Força Aérea, confessou para mim que, depois da boliviana, só teve mais duas namoradas. Ambas brasileiras. Com a primeira, durou dois meses; com a outra, menos de uma semana.

Culpa da boliviana, disse, enquanto me mostrava uma foto dela no celular. Agora não sei amar em português.

E Tayson arranjou o melhor trabalho do mundo. Mas antes precisou batalhar pelo seu lugar ao sol na oficina do pai.

Tio Waldo conta que Tayson levava jeito com a máquina de costura. O problema era o celular, diz, distraía teu primo, distrai todo mundo. Lembro de quando os celulares pareciam tijolos. Puta que pariu, era melhor ter parado por ali.

Tudo mudou no dia em que tia Zulma (boliviano-boliviana) disse a tia Ana (boliviano-brasileira) que, aparentemente, Tayson tinha herdado algumas características da sua avó Nilda (boliviana de nascimento, argentina por parte de pai, italiana nos seus sonhos). Tia Corina observou o filho e disse que sim. Tem a pele dela.

Foi assim que Tayson entendeu por que sua vida sempre tinha sido mais fácil. Ou menos difícil: quando o sacaneavam no colégio, era por ser o mais fofoqueiro, não por ser boliviano. Se as universitárias sensuais que entravam no metrô evitavam sentar-se ao lado do tio Waldo, o problema não ocorria com Tayson: uma vez, inclusive, uma loirona de Pinheiros se acomodou à sua direita, desabotoou a camisa, tirou um peito monumental para fora e deu de mamar a um bebê que usava um macacão do Santos.

Era uma gostosa, conta Tayson. Quis ser o bebê.

Sua brancura também rendeu frutos à família. Naquela época, coreanos e bolivianos disputavam o domínio do ramo da costura. Invejavam-se mutuamente. Plagiavam-se.

Um boliviano não podia entrar na loja de um coreano. Um coreano não podia entrar na loja de um boliviano. Os guardas dos lugares — brasileiros, sempre — não tinham nenhuma dificuldade.

Nisso somos parecidos com os asiáticos, conta tio Waldo. Por mais que a gente queira, não podemos esconder o que somos.

De modo que entrar nas lojas da concorrência, comprar suas roupas e copiar, ou aprimorar seus modelos, era um trabalho de espionagem. Ou adestravam o comerciante menos aimará da rua Coimbra e o vestiam com um boné de aba larga, ou contratavam um negro indigente e o monitoravam de fora da loja para que não fugisse com o dinheiro.

O resultado — quando havia — era uma jaqueta bolero que duas semanas mais tarde surgia em versão melhorada graças a mãos bolivianas: punhos e cotoveleiras de tartã, o grande detalhe da palavra ARMANI no fecho do zíper.

Bastava Tayson se olhar no espelho para varrer toda essa burocracia.

Em sua primeira incursão por terras coreanas, além de um cupom de descontos, ganhou o número da atendente mais bonita.

Playboy. Sempre que conta a história, Tayson usa esta palavra: *playboy*. Sentia-se assim naquela época. Como um playboy. Muito diferente do que é agora. Um pré-militar de bochechas ressecadas do frio. Um bolibrazuca perdido na Bolívia, sem mulher e sem dinheiro, e com vontade de gritar.

Cumprimentava o guarda. Entrava na loja. Escolhia uma vendedora. Conversava com ela. Jogava um flerte — gosta de forró? — e se dava ao luxo de despachá-la só porque uma mulher com cintura de pilão lhe lançava um olhar da seção de sapatos.

O proprietário coreano do local o cumprimentava do caixa. Tayson respondia com um sorriso. O sorriso mais hipócrita do mundo, pois, por trás daqueles dentes parelhos e clareados, sua língua lutava para encontrar uma brecha e despejar tudo o que a colônia boliviana queria gritar na cara dos coreanos: seus japas de merda, por que não voltam pro seu país?

Mas não porque eu fosse nacionalista, esclarece Tayson. Era o costume. Gosto da Coreia. Gosto da sua cultura.

Um sorriso brincalhão dilata seu rosto sempre que se lembra dessa época: apesar dos anos, a felicidade daqueles tempos ainda basta para liberar algumas doses de endorfina.

No bairro era recebido como herói. Saía do táxi, mostrava os espólios — sacolas de compras, dezenas delas —, e todo mundo — crianças, costureiros, comerciantes — se aproximava. Como groupies que se deparam sem querer com o cantor favorito na saída do cinema. Igual às pombas da praça Murillo quando escutam o estampido do milho batendo no chão.

Tia Corina o recebia em casa com a sua comida favorita. Tia Ana preparava gelatina com creme de chantili para ele. Tio Waldo abria uma lata de Skol — a primeira de muitas — e brindava porque seu filho era o fodão e a Coreia não era páreo para a Bolívia.

Tinha até um cartão de crédito, conta tia Corina. E também tinha namorada, acrescenta Tayson.

Aos quinze, muitos garotos passam o tempo fazendo palhaçadas diante da câmera frontal do celular; aos quinze, meu primo já havia decidido qual seria seu destino e os passos que daria para alcançá-lo: faria acordos com os peruanos, com os turcos e com os demais bolivianos, economizaria dinheiro, se casaria, iria para o Rio de Janeiro.

Enquanto vasculhava os últimos lançamentos da temporada outono-inverno, Tayson imaginava que o ventinho produzido pelos ventiladores do local era a brisa do fim de tarde em Ipanema.

Me conta com estas palavras: pensei que estava na praia. Compraria um carro, trabalharia de taxista, estudaria arquitetura.

Teria um filho, que batizaria de Ayrton, e jamais se lembraria de São Paulo. Do seu frio, da sua garoa, dos prédios de merda.

Estava em meio a esses devaneios quando o coreano tocou seu ombro.

Bolivianos não, disse o asiático.

Tayson não entendeu nada.

O coreano fez um gesto com as mãos: um atendente se aproximou deles. Em tom amigável, o rapaz pediu a Tayson que por favor devolvesse todas as peças que havia escolhido.

Pegou-o pelo braço e o acompanhou até a porta.

Era a primeira vez que isso acontecia. De volta à oficina, depois de escutar o que tinha acontecido, tio Waldo sofreu uma crise nervosa. O negócio está arruinado. Porramerdacaralho, justo ontem aprovaram meu empréstimo para um carro.

Ao chegar em casa, meu primo se trancou no quarto e estudou seu rosto diante do espelho.

Seria a adolescência? Seria a Bolívia começando a aflorar no seu corpo, junto com a acne e os pelos infinitos que cresciam na barba?

Dois dias depois, as coisas se acalmaram. Tio Waldo e Tayson foram passear na feira de bolivianos. Comeram bem. Se embebedaram. (Era a primeira vez que meu primo bebia; desde então, associa a cerveja à bolivianidade, a bolivianidade ao seu pai, seu pai à bebida: um ciclo sem fim.)

Não se preocupe, disse tio Waldo enquanto enchia o copo, deve ser por causa do sol.

...

Andou jogando futebol, não foi?

Sim.

Então é isso. Se queimou do sol. Está mais moreno. Ponto.

Mas não era questão de cor, pensou Tayson. Só por via das dúvidas, comprou o protetor solar mais caro da farmácia e aplicou na pele todos os dias durante uma semana. Não funcionou. De novo, enquanto vasculhava a seção de jeans, o coreano tocou seu ombro e disse que bolivianos não eram bem-vindos ali. Dessa vez, quem o escoltou até a saída foi a mulher bonita.

Quando tio Waldo o viu chegar de volta à oficina sem as sacolas de compras, com um sorriso que ruminava resignação, disse:

Agora que você é boliviano: Tigre ou Bolívar?

Olho ao longe e vislumbro os aviões em repouso. Sempre que os observo, lembro-me dos brinquedos com os quais brincava quando menino. Hoje, porém, não sei por quê, enquanto o suboficial Sucre faz a revista dos nossos cabelos e do brilho das nossas botas, olho à distância e penso numa ave. Não qualquer ave. Uma garça. Um pavão. Esses aviões se apresentam com a dignidade de uma garça ou de um pavão. Como sua cauda é elegante! Um veterano nos explicou que a função dela é controlar a oscilação e a altitude do avião, mas acho que os fabricantes a fazem assim para conferir mais respeito aos aviões.

Onze da manhã. Exceto pelo som das botas de Sucre, todo o resto está em silêncio. Nem sequer há vento. A tricolor parece um trapo sujo secando a um sol temerário. O mastro que corresponde à *wiphala*, como sempre, está sem bandeira. O comandante Loza disse que está para lavar, mas já está para lavar faz um tempão.

Sucre é mais honesto. Que bom que não tem *wiphala*, diz. Parece uma bandeira de bicha.

Tayson serve numa companhia diferente da minha. Espicho a cabeça em vão tentando divisar seu quepe. Eu sou Charlie e ele é Alfa. Ele é comandante de esquadra e eu, fuzileiro granadeiro 1. Nos encontramos quando não estamos nos procurando, sempre sem querer, na hora da refeição ou pagando flexões, sem aviso prévio, e quando isso acontece, Tayson sorri daquela forma tão sua, tão brasileira, inimitável: a única vez no dia em que sua felicidade não parece contaminada por aquilo que faz do seu rosto uma imagem incompleta, um rosto pela metade.

Sucre examina minha esquadra. Seu rosto diante do meu. Como gostaria de enfiar um Alka na sua boca; como gostaria de cuspir nele.

Melhore essa barba, seu porco, me diz enquanto acaricia minha barba, tem que se barbear melhor.

Bohórquez se encarrega da companhia Bravo, enquanto Sucre passa direto para a Alfa.

Um ventinho faz as extremidades da bandeira tremularem. Mais uma vez, distraio-me com os aviões.

Quando volto o olhar para o centro do pátio, Tayson está fazendo flexões de braço diante de todo o batalhão. Sucre conta em voz alta: sete, oito… quinze. Quando chega a trinta, ordena que fique de pé.

Então entendo: Sucre percebeu que faltava um botão na blusa de Tayson e ficou furioso. Nada fora do normal. Sucre é o tipo de sujeito que pensa que toda guerra começa a ser vencida pelo estilo. Em parte, até acho compreensível, pois de todos os superiores ele é o que mais trepa com as moças pré-militares. Embora, no fundo, essa obsessão toda pela aparência desperte certa suspeita em mim: uma vez, enquanto limpávamos seu quarto por ordens suas, meu camarada e eu encontramos debaixo da cama dele vários potes de cremes antirrugas. Contamos para um soldado, que nos disse que jamais encontraríamos algo assim no dormitório dos reservistas. Debaixo da minha cama só tem o rádio, a mochila e revista de mulher pelada. Nada além disso.

Inventa um botão, ordena Sucre.

O suboficial e meu primo se encaram frente a frente. Tayson, que é alto e parrudo (parece um armário, como dizem), precisa inclinar a cabeça para não desviar o olhar do outro.

Sucre, embora baixote, impõe respeito só com a silhueta.

(Dizem que se exercita com as barras de ferro de um antigo trilho que costumava passar pela base aérea. Dizem que teve um rolo com Crespo, a pré-militar mais bonita de todo o batalhão. Dizem que treparam no hangar do avião Sabreliner e que um recruta teria filmado tudo, e o vídeo caiu na internet. É claro que procurei: quanto dinheiro não gastei na lan house perto da minha casa tentando ver os peitos da Crespo!)

Inventa um botão, repete Sucre.

...

Inventa um botão, cacete!

Mas Tayson inventa outra coisa.

Você está cada dia mais boliviano, diziam seus amigos brasileiro-brasileiros para provocá-lo.

Tayson não dava bola. A realidade, contudo, se encarregava de esfregar sua bolivianidade na cara: tio Waldo o rebaixou a vendedor de shorts no centro de São Paulo; as mulheres — as negras, as bronzeadas, as gordas, as magras, as congolesas, todas — olhavam-no de um jeito diferente, ou simplesmente não olhavam mais.

Tudo aconteceu bem depressa. E como a desgraça lembra um pouco uma fileira de dominós disposta sobre uma mesa bamba, o resto da família Pacsi também enfrentou sua própria parcela de crise.

Nenhum dos primos sabe com certeza o que aconteceu com o negócio de costura, mas uma tarde tio Waldo entrou no quarto de Tayson e disse a ele que iam para a Bolívia.

Por quê?, perguntou meu primo.

É lá que o dinheiro está, respondeu tio Waldo.

Tayson chegou a La Paz no inverno de 2013. Tinha dezesseis anos. Além dos três graus abaixo de zero das madrugadas andinas, duas foram as coisas que o marcaram para sempre:

1. Tunupa e sua expressão de serenidade.

2. A inexistência de um McDonald's.

Qual é a capital do país?

La Paz.

Contra quem foi a Guerra do Pacífico?

Paraguai.

Como se chama o vice-presidente da República?

Hugo Chávez?

Por essa e outras razões, tio Waldo obrigou Tayson a cumprir o serviço pré-militar na Força Aérea. Vai aprender história, disse. Vai aprender a ser um bom patriota. Lá não tem sua tia. Se não souber alguma coisa, paga flexões. Se atrasar cinco minutos, esfrega o chão.

Queriam lhe incutir a pátria na base da porrada. Mas Tayson não deixou. Ou, se deixou, foi só um pouco. O suficiente para memorizar algumas datas importantes, mas não a ponto de brigar com um peruano pela paternidade da flauta de Pã.

Sucre é dos que brigariam por isso. Sei pelo modo como olha Tayson sempre que passa perto dele. Há algo ali que só decifrarei quando também me tornar estrangeiro, um olhar que não chega a ser ódio, mas que persegue meu primo aonde quer que ele vá.

Pacsi, inventa um botão!

Mas meu primo inventa outra coisa:

tira o quepe. Acaricia a cabeça raspada.

E, num castelhano quase perfeito, diz:

Quero minha baixa.

Sucre tenta intimidá-lo com o olhar. Como é menor, precisa manter a cabeça erguida, igualzinho a um chihuahua prestes a morder uma criança, sem latir, calculando nos beiços a dose exata de raiva. Tayson, enquanto isso, olha para ele imperturbável, a cabeça um pouco baixa, também em silêncio, como uma árvore retorcida plantada na beira do abismo.

Uma ventania faz a bandeira tremular. No esquadrão, meus companheiros seguram a cabeça para que o vento não leve seus quepes.

Sucre insulta meu primo com as mesmas palavras que usou quando o fez pagar flexões por ter esquecido a letra do hino ao mar. Bicha. Viadinho. Volta pro teu país, negro.

Então acontece: Tayson cospe no chão e percorre o caminho até a porta de saída.

A ventania sopra mais forte, Tayson anda e, enquanto isso, assovia o hino do Brasil, e por um momento El Alto inteiro parece assoviar a melodia: os cabos dos postes de luz sacodem e, ao longe, a poeira do campo de tiro se ergue, tenta fugir, quem sabe, para terras mais quentes.

Porco filho duma puta!

Sucre parece mais chihuahua que nunca: caminha atrás do meu primo apressando suas pernas curtas, chama-o de rebelde, chileno, não conhece hierarquia?, porco desertor. O sargento Bohórquez escolta-o acompanhado por dois subtenentes. Um deles — Aldana — adianta-se a todos para se interpor no caminho. Tayson desvia dele como quem evita um mendigo sujo.

Não olha nem toca nele, como se pensasse: não vou gastar meus olhos contigo.

Tayson se afasta, e com ele um grupo de superiores. Silêncio. À exceção do sargento Pari, que, das fileiras da companhia Bravo, observa os acontecimentos com preocupação, nenhum instrutor vigia os mais de cento e vinte pré-militares que compõem o batalhão.

Poderíamos fazer uma revolta, penso. Amotinar-nos. Talvez assim Bohórquez parasse de roubar a carne do nosso almoço, ou os sargentos deixassem de nos obrigar a limpar seus quartos, ou os reservistas denunciassem a misteriosa morte daquele recruta (aconteceu em Chayanta, durante uma excursão), ou Sucre nunca mais desse em cima das meninas mais bonitas e deixasse alguma coisa para nós, os bichos.

Mas, ao invés disso, pegamos nossos celulares e começamos a trocar mensagens.

II

toca o despertador não quero ir pra aula tá frio a vida inteira acordando no frio saindo pro frio do frio pro frio e amanhã tem pré-militar que merda tayson sim é sortudo não vai mais pra pré pode dormir aos sábados eu também quero embora sábado tenha tiro vão nos ensinar a usar o fuzil e os superiores dizem que cada bala é um chileno morto não tem que desperdiçar chilenos quero usar um fuzil quero atirar em todo mundo especialmente em sucre um dia roubou minha carne debochou do meu penteado não tem pão não gosto de sair pra comprar pão a essa hora é friiio merda que frio vou pôr um agasalho melhor duas jaquetas melhor me enrolar num cobertor aquele com bandeirinhas caminho até o mercado me deparo com alguns colegas todos querem ser militares engenheiros mas vão ser todos comerciantes ou trabalhar em escritório outros dizem que vão pro exterior pobres ingênuos dizem que vão pra itália pros estados unidos como se fosse fácil assim um mané diz que vai pra harvard animal nem sequer sabe a tabela periódica toco na grade ó o freguês aparece a dona compro pão não sinto frio que milagre um verdadeiro milagre ah se os uniformes fossem feitos de cobertores

Vivemos em frente a um rio contaminado. Marrom, em cujas margens as pombas e gaivotas ciscam em busca de comida.

Do outro lado do rio costumavam ficar as casinhas de uns curandeiros yatiri. Um deles, há muitos anos, tirou a sorte do meu pai e disse para ele parar de devaneios, para se animar.

Para ele seguir o exemplo do rio: faz tempo, quando eu era um esperma e papai tinha acabado de sair do colégio, aquele rio brincava de ser cristalino. Sua natureza era ser marrom, mas algo nas suas águas o impedia de se entregar à sujeira. Um dia, contou o yatiri, o rio abriu mão dessa indecisão, dessa mestiçagem, para se tornar bronze, tão bronze quanto o rosto do meu pai, o rosto desta cidade, e, desde então, Río Seco, nosso bairro, transformou-se numa zona comercial, hipercomercial, onde todo mundo desejava abrir um negócio.

Todo mundo.

Menos o meu pai.

Quem seguiu o exemplo do rio foi tio Waldo, pai de Tayson. Sua sujeira de comerciante, exato oposto da assepsia dos trajes que meu pai ostentava, levou-o a morar no Brasil durante uns bons anos, a trabalhar sem nem sonhar com direitos trabalhistas, e conseguiu fazer com que nossa morada fosse a mais vistosa do quarteirão: grande, de quatro andares, com garagem e pátio, colorida, quase *cholet*.

Minha família mora no térreo. Nosso apartamento é pequeno, frio. O mais chinelão do prédio: os canos do banheiro estão ruins e, de tempos em tempos, algum deles estoura, a sala inunda e as lajotas soltam. (Isso explica por que a metade do nosso andar é de cimento e a outra, de parquê).

A família de Tayson, por sua vez, tem o apartamento mais bonito de todos. O chão está sempre brilhando porque tia Corina lustra todos os dias e não deixa ninguém andar sem as pantufinhas de tecido que ela acomoda ao lado da porta de entrada. Além disso, cheira bem, sempre: tem cheirinho de tênis Bubble Gummers novos, parece chiclete, gostoso.

Minha família, a nuclear, é composta de cinco pessoas: meu pai, minha mãe, minha irmã, meu sobrinho e eu. Nunca sabemos o que nos dar de presente nos aniversários — e, quando sabemos, não estamos dispostos a gastar tanto —, e só estabelecemos contato físico quando um dos nossos pais está tão bêbado que precisa ser abraçado para não rolar escada abaixo.

A família de Tayson é diferente. Organiza churrascos em todas as datas festivas, e seus torneios de bingo são tão emocionantes que meus primos e eu os preferimos mil vezes às partidas de futebol.

Não me queixo da situação. Absolutamente. Se meus pais fossem tão atentos quanto os de Tayson, eu jamais teria vencido tantos subcampeonatos em vários torneios de jogos online, nem teria alugado meu quarto para um amigo da pré trepar com a namorada, nem teria liberdade para manter relações íntimas com minha mão ao menos três vezes ao dia, sair a qualquer hora, chegar em casa chapado ou bêbado, encontrar na escada meu pai, que também costuma chegar chapado ou bêbado, cumprimentá-lo com um oi seco, entrar no meu quarto, pôr no celular a *chicha* mais dolorosa do mundo, cantarolar e deixar que a erva ou o álcool façam o resto.

Prefiro isso à vida de Tayson, àquele calor meio família Ingalls, de *Os pioneiros*, de pele rachada, que na superfície é colorida como um *cholet*, mas por dentro abriga a sombra que fez

do meu primo um ser mudo, misterioso, com uma pilha de palavras amontoadas na ponta da língua, provenientes de sabe-se
lá que inferno brasileiro, fermentadas pela espera.

Quando soube que Tayson havia pedido baixa da Força Aérea, tio Waldo enlouqueceu. Não precisei testemunhar seus acessos de raiva, que imagino semelhantes aos do seu irmão, meu pai; nem ver suas sobrancelhas se unindo num vértice invertido, como fazem as minhas sempre que minha mãe me obriga a comprar pão pela manhã; nem escutar os choramingos da avó, que podem durar horas e se confundir com os uivos da cadela do vizinho.

Apenas vi o roxo no olho direito de Tayson e soube de tudo.

Não justifico o soco que tio Waldo deu no meu primo, mas acho importante contextualizar as coisas. Há alguns meses, em abril, Tayson largou o colégio. Disse que não conseguia se costumar ao ritmo e que era alvo de deboche dos colegas pelo sotaque. Meus tios aceitaram isso com uma serenidade que não surpreendeu ninguém na casa: se há algo que a família Pacsi sabe fazer muito bem é se sentir estranha num lugar novo. Tá, disse o tio Waldo, um pouco bêbado, mas ano que vem você volta sem perder tempo e se prepara pro vestibular da UMSA.

Tá bem, disse Tayson, sem saber direito o que era um *vestibular* e muito menos o que era a *UMSA*.

Daí a raiva, daí o soco, no qual viajava a frustração de saber que o filho não obteria nem um diploma nem um certificado de serviço militar. Que era um pária, nem boliviano nem brazuca: que havia descido do ônibus do patriotismo na metade da viagem e jamais odiaria os chilenos nem se sentiria com autoridade para dizer sou brasileiro, porra, a gente é penta.

Que era um vagabundo.

Daí a panela cheia de pipocas e a cara hipnotizada dessa menina ao ver Tayson espalhar o sal.

Quanto é, jovem?, pergunta uma senhora com uma bebê nas costas.

Um boliviano.

À parte seus problemas de raiva, tio Waldo sempre foi salomônico. Por isso, para dar uma lição no filho, obrigou-o a trabalhar como pipoqueiro todas as tardes na ponte de Río Seco.

Assim vai recuperar os setecentos bolivianos que gastamos com seu uniforme e equipamento, disse.

Tayson aceitou sua nova realidade de bom grado. Nunca teve medo de trabalho. Na verdade, segundo conta, comparado ao trabalho nas oficinas de costura, vender pipoca é brincadeira de criança. Nisso somos diferentes: exceto pela temporada em que ajudei minha mãe a vender *tawas tawas* em Villa Adela, jamais trabalhei. E só de pensar em ter que passar o dia lidando com gente de todo tipo já sinto vontade de roubar um fuzil e desperdiçar um chileno na minha cabeça.

Quanto falta pra Copa?, pergunta Tayson.

Meio mês, respondo.

Vai torcer pro Brasil?

Acho que não. Gosto da Alemanha.

Um bêbado se aproxima do carrinho. Pede cem bolivianos em pipoca.

Não temos, diz Tayson.

Mas se eu tô vendo que tem, diz o bêbado. Olha, tenho dinheiro. Olha, e nos mostra uma nota de cem.

Tayson está nervoso. Eu, mais ainda. O bêbado é grande. Com cara de debochado. Penso no fuzil das aulas de tiro e me arrependo por ter desejado gastar as balas para furar meu cérebro. Se tivesse uma arma, usaria para disparar contra todo mundo que quer bancar o esperto para cima de mim.

O bêbado cospe no chão e nos olha sorrindo. Seu rosto passa da euforia envilecida para uma calma acolhedora. Com uma voz que parece surgir do seu único neurônio saudável, diz:

Tá, me dá um pesinho.

Tayson entrega o saco de pipocas e o bêbado entrega a nota de cem.

Não temos troco.

E eu com isso, diz o bêbado enquanto mistura as pipocas com a mesma mão que alguns segundos antes usara para coçar a bunda. Problema de vocês. Troca com a moça da gelatina.

Com o tempo, passo a achar os clientes de Tayson menos repulsivos, até que um dia admito que gosto de vender pipoca com ele. Certa tarde em que estamos entediados, empurramos o carrinho até o bairro da UPEA e Tayson acaba com o estoque em menos de uma hora.

Precisamos voltar, digo.

Por um momento, tenho a impressão de que podemos ficar ricos. De que eu poderia arranjar um carrinho e levá-lo todos os dias até o bairro da universidade. Até fantasio nas coisas que poderia comprar com o dinheiro. Um celular novo. Uma camiseta original do Borussia Dortmund. Gostaria de ter a 9, do Lewandowski, ou quem sabe a 10, do armênio Mkhitaryan.

Todos os meus sonhos se desfazem na tarde em que surpreendo Tayson com a boca cheia de sal. Estamos a uma quadra da universidade e desci do ônibus assim que o vi empurrando seu carrinho na metade da avenida. O que houve?, pergunto enquanto aponto com o dedo para a panela de pipoca quase vazia.

Comi, diz Tayson.

Você comeu tudo?

Tayson assente com a cabeça.

De repente me lembro das palavras da minha irmã: Tayson está engordando à beça. Olho para suas bochechas de buldogue e as comparo com as do rapaz magro que chegou lá em casa numa tarde de domingo e ficou impactado ao ver o rosto de Tunupa: entre aquele Tayson e o que limpa o rosto com as mangas do moletom há, pelo menos, dez quilos de diferença.

O esquisito, porém, não é isso. Estamos em fase de crescimento, e supõe-se que a monstrificação seja parte inevitável da experiência dos dezessete anos. No meu caso, por exemplo, surgiram uns pelinhos no queixo e na região dos maxilares. Ainda não são o suficiente para chamar de barba, mas o mero fato de me olhar no espelho e ver uma borda escura ao redor do meu rosto me torna consciente da passagem do tempo, assim como olhar para meu sobrinho pequeno e saber que ele já vai ao banheiro sozinho; aproximar o punho do rosto da minha avó e descobrir que ela não pisca, nem sequer se perturba, quase não enxerga; ou enviar uma mensagem por WhatsApp e reparar que sou o único no meu colégio que usa celular com teclas e não um aparelho touch screen.

Em Tayson, a monstrificação inclui, além de mudanças fisiológicas, alterações de comportamento. Eu devia ter me dado conta antes. Uma vez, pouco depois da sua chegada, Tayson e eu fomos à lanchonete da dona Romina comer *salchipapa*. Ele gostou tanto das *salchipapas* que, assim que terminou, pediu cinco bolivianos emprestados para um segundo round. Emprestei sem nenhum problema, pois também sou viciado em tudo o que as mãos da dona Romina preparam, e pedimos mais duas *salchipapas*. Nada disso seria estranho se, três dias depois, eu não tivesse ficado sabendo que Tayson levara uma surra do tio Waldo por ter roubado uma nota de cem bolivianos da cômoda da tia Corina. Segundo meu pai, Tayson havia surrupiado o dinheiro para comprar dez *salchipapas* e três garrafas de dois litros de coca-cola. Tio Waldo o pegara no flagra, quando meu primo voltava para casa com as sacolas e, apesar do peso, tentava beliscar uma salsicha de um dos saquinhos.

Não me dei conta na época, mas me dou conta agora: Tayson tem um problema com comida.

Sei pelo modo como chupa o osso do frango frito: como se estivesse fazendo sexo oral num cara. Deve ser uma paixão, como meu amor pelo futebol ou o ódio que Sucre sente pelos peruanos.

Três dias depois, a cena se repete: surpreendo Tayson a quatro quadras da UPEA e sua expressão de vergonha revela que, outra vez, ele acabou sozinho com metade da panela.

Caralho, resmunga.

Passou da conta, seu animal. Você não fica com dor de barriga?

Meu primo nega com a cabeça.

Voltamos para casa caminhando em silêncio. Uma mocinha nos oferece *maicillos* e Tayson compra duas unidades. Enfia um na boca e guarda o outro no bolso do moletom.

Desde que Tayson pediu baixa, os superiores e os veteranos se aproveitam de mim e me perseguem com mais frequência. Numa ocasião, um veterano de olho torto me pede para trocarmos as botas. Diz que as suas estão apertadas, e naquela noite precisa ficar de guarda. Tento persuadi-lo — mais que isso, digo que minha mãe vai me deixar de castigo se descobrir que perdi as botas —, mas de nada adianta. O veterano diz que os Pacsi não merecem botas tão novas, que certamente vou usá-las para fugir, como fez meu primo.

Não sou desertor, murmuro.

O veterano me entrega suas botas fedorentas.

Para minha sorte, a sessão matutina de exercícios é cancelada devido a uma reunião de instrutores. Já que temos tempo livre, passamos a manhã inteira conversando no gramado e trocando figurinhas do álbum da Copa. O álbum de Chuquimia é invejável. Faltam pouco menos de cinquenta figurinhas, e ele diz que segunda-feira vai comprar duas caixas e com isso espera conseguir as que faltam. O de Rodas é o mais vazio, mas ele tem as figurinhas mais valiosas: Messi e Cristiano Ronaldo. Chuquimia oferece vinte bolivianos pela de Messi.

Nem fodendo, diz Rodas, estão coladas.

Não tem problema, diz Chuquimia, pra isso existem as tesouras.

E com pose de gângster, acrescenta:

Seria interessante pra você. Toma cuidado pra ninguém roubar seu álbum durante o almoço.

Em manhãs como essa, a base aérea deixa de parecer uma prisão e me proporciona tudo o que não encontro nem no colégio nem em casa: camaradagem. Mamani nos oferece as empanadas que sua avó preparou para o esquadrão. Rodas diz que tem maconha na mochila. Primeiro a gente fuma, sugere Mamani, depois o gosto da empanada vai ser melhor.

Não vou com eles porque tenho medo de ficar muito chapado e Sucre perceber. Em vez disso, permaneço deitado na grama e observo as garotas pré-militares descansando à minha frente.

Lá está Mendoza, a menina de quem gosto. Nunca descobri seu nome completo, então a chamo só pelo sobrenome. Procurei no Facebook, mas tem tantas Mendoza no mundo que não consegui nada. Num ato de desespero, criei um grupo no WhatsApp com todos os meus contatos da Força Aérea. Minha ideia era que o grupo ficasse famoso e Mendoza (ou alguma menina bonita) entrasse. Não deu certo: nenhuma garota pré-militar entrou, e o grupo se transformou, como era de esperar, numa pasta de links pornô.

Saímos da base por volta das duas da tarde. Ao que parece, a reunião vai durar algumas horas e o sargento Pari deu ordem para irmos embora. Uma vez lá fora, a poucos passos da base aérea, encontro Tayson. Caminha ao lado de uma garota que eu nunca vi.

Como estão de costas, é fácil se surpreender com a diferença de tamanho entre os dois: ele é alto, tem as costas largas e formas esféricas; ela é baixinha e tão magra que, quando Tayson a pega pela cintura, sua mão escura parece ocupar um quarto do torso. Dou mais alguns passos, talvez tentando comprovar se a garota é tão bonita como parece de longe. E comprovo: a menina é bonita, bonita é pouco, maravilhosa, e essa informação machuca meu ego, o local onde se reúnem as mulheres de todas as punhetas da minha vida, aqueles corpos que ou não existem, ou nos quais jamais vou tocar.

Já na van, um ressentimento me corrói por dentro. Conheço essa sensação: é inveja. Eu me senti assim quando fui assistir no estádio ao jogo da Bolívia contra o Chile e me maravilhei com as jogadas de Alexis Sánchez, um sujeito que, pela pele e pelo cabelo, bem poderia ser aimará, como eu (de fato, Alexis nasceu em Tocopilla, território que a Bolívia perdeu na guerra). E me sinto assim agora, só que tudo elevado à décima potência.

Pego o celular, escrevo uma mensagem para Tayson: gordo de merda quem vc pensa q é? me paga os dez pesos q emprestei na internet gordo fedorento vc vai explodir.

Tayson trouxe coisas interessantes de São Paulo. Dentre elas, pornô brazuca, xarope de morango, um piercing para o lábio, tênis Olympikus e um HD externo com dois gigas de música coreana.

No início só me interessei pelos filmes pornô, mas pouco a pouco o K-pop começou a chamar minha atenção. Tayson diz que não sabe o que essas músicas fazem ali. Põe a culpa na prima.

É mentira; dá para ver. Cada vez que falo sobre esses grupos, ele desvia o olhar como faço quando nego gostar da Mendoza. Tayson, no entanto, mente pior que eu: digo K-pop e ele derruba no chão as moedas que está contando; brinco que tia Corina tem o apelido Cori de "coreana", e ele me olha com uma raiva antiga, talvez apodrecida, do tipo que guardamos por anos sem jamais abandonar, apesar dos quilômetros percorridos.

Leio na internet por acaso que um grupo coreano chegou ao Brasil faz pouco tempo. Conto para Tayson.

Ele explode; me diz que é a última vez que falo desse assunto e me xinga com um insulto brasileiro que nunca escutei na vida.

Cuzão.

Agora que olho de perto, Tayson tem muito de asiático. Seus olhos são pequenos, rasgados. E não fosse a pele acobreada, a carnosidade do seu corpo o faria passar por um bom projeto de lutador de sumô.

Quem sustenta minha teoria de que há muito de Ásia em meio a toda aquela gordura é Dino, um livreiro que conhecemos em La Ceja. Já que Tayson nunca conseguiu controlar sua mania de comer as pipocas que supostamente deveria vender, tio Waldo tirou o carrinho dele e o mandou procurar trabalho em outro lugar. Tayson tentou trabalhar de segurança numa loja em Las Kiswaras, mas o dono voltou atrás assim que descobriu que ele não é boliviano.

Aqui peruano não tem vez, é um lugar de bolivianos pra bolivianos.

Tayson esclareceu que é brasileiro.

Vai chupar uma pica, disse o dono. Tá escrito na sua cara que você é de Puno.

A necessidade o lançou às ruas. Certa tarde em que foi até La Ceja, reparou que os locutores que anunciavam os destinos das vans recebiam uma moeda de dois bolivianos cada vez que o veículo enchia. Durante meia hora prestou atenção nos gestos, nas palavras. De volta para casa, repassou mentalmente tudo o que tinha visto e, enquanto subia para seu apartamento, repetiu em voz alta os nomes dos destinos com a cerimônia de quem realmente ganha a vida assim.

Pérez! Pérez! Autopista! Estado Mayor!

Agora meu primo vocifera ao lado de uma van cinza enquanto Dino e eu o observamos da calçada, a uns vinte metros de distância. Sempre parece japa, diz Dino.

Quatro da tarde. O sol bate nas nossas costas e às vezes parece queimar nossa nuca. Tanto faz. Estamos em maio, e a experiência nos diz que precisamos aproveitar todo o sol possível, armazená-lo no corpo, na memória, como as boas lembranças, que tanta falta fazem quando estamos longe: Dino diz que, assim como nunca deixou de aproveitar um único raio de sol que passou pela sua vida, tampouco deixou de embrulhar na sua memória qualquer momento feliz e adorná-lo com uma fita à prova de esquecimento.

Conta que não desperdiçou nenhum segundo, viveu e amou com tanta intensidade que é capaz de recordar o cheiro exato do xampu da sua mãe, falecida há alguns anos. Abre as mãos e as estende em direção ao sol, parecido com o que fazem as pessoas que querem receber a energia dos raios solares no Tiwanacu a cada 21 de junho, durante o Ano-Novo aimará.

Conheci Dino alguns dias atrás, enquanto observava Tayson anunciando ao lado de uma van com destino ao centro de La Paz. Dino vendia livros em cima de um plástico espalhado na calçada. Perguntou se eu tinha isqueiro.

Não tenho, respondi.

Uma mulher que vendia fósforos passou de repente. Dino comprou duas caixas.

Me ofereceu um cigarro.

Não fumo, respondi.

Não fuma porque não gosta ou porque não sabe fumar?

Pensei um segundo na minha resposta. Se dissesse que não gostava de fumar, pensaria que eu era um covarde.

Não sei fumar, eu disse.

Dino exalou uma grande baforada. Pegou um livro cuja capa mostrava um homem segurando um berrante.

Me passou o volume com o cigarro entre os lábios.

Um livrinho, então? Ou também não sabe ler?

Passados quinze minutos, Dino já tinha arrancado de mim mais informações que meus pais durante a última meia década. Contei sobre minha empolgação com a Copa que havia começado uns dias antes, sobre como odeio o colégio e sobre a vez que o professor de biologia me enviou uma carta de amor no meio do meu fichário recém-revisado. Disse a ele, inclusive, que estou apaixonado pela Mendoza e ando pensando em pagar um veterano para descobrir seu nome completo.

Tantos rodeios, sorriu Dino. E se você perguntar direto pra ela? Não é de outro planeta. Deve ser tão medrosa quanto você.

Dino tem vinte e cinco anos, a maior parte dos quais, segundo conta, passou ajudando na oficina de costura da sua mãe, em Buenos Aires. Voltou para a Bolívia há dois anos, embora diga que metade de si continua vivendo em Flores, bairro onde cresceu e descobriu o amor pela leitura. Ostenta uma boina de guerrilheiro que de tão descolorida dá a impressão de jamais sair da sua cabeça. Suas costeletas são compridas e pontiagudas e tremelicam a cada sopro de vento. Seu aspecto — meio pálido, ossudo — me lembra o personagem de um animê.

E você só vende livros?, perguntei.

Também estudo sociologia, respondeu.

Sociologia? E pra que serve isso?

Pra não fazer perguntas tão imbecis.

Na volta para casa, Tayson e eu só falamos em Dino. Segundo meu primo, Dino é um metido que se acha grande coisa por ter lido dois ou três livros. Eles se conheceram uma semana atrás, quando Tayson conseguiu encher uma van pela primeira vez. Como simpatizei com Dino, tento mudar de assunto e pergunto a Tayson sobre a garota com quem o vi na semana passada.

Araceli? Ah, sim. É minha... como se diz aqui? Noiva? Esposa?

Sua namorada, sua mina.

Isso, diz Tayson. Araceli é minha namorada, minha mina.

Têm mar e estão na Copa, os filhos da mãe.

Digo a Tayson quando me pergunta sobre o Chile.

Na minha casa, exceto pelo meu pai e por mim, todo mundo torce pelo Brasil. Meu pai diz que não gosta do Brasil porque prefere a garra à técnica, o esforço ao talento, Maradona a Pelé. Os *gauchos* não perdem uma bola sequer, diz, dão a vida em todas as partidas. Não se vê isso no Brasil, acrescenta. Esses caras jogam bem porque nasceram com o físico. Assim até eu.

Pura balela. Meu pai não gosta do Brasil porque tem inveja do tio Waldo. Inveja da coragem do meu tio para cruzar a fronteira, do seu dinheiro brasileiro. Inveja daqueles olhos que viram tanto, tanto, para além das montanhas, por cima das montanhas, a antítese das montanhas: o mar.

Eu torço para a Alemanha e para o Chile. O meio de campo dos alemães parece um time de pebolim: nenhum jogador desfaz a linha. São sinfônicos; cada jogador conhece o outro, cada jogada segue uma partitura, uma música. Quando Özil toca é como se alguém tivesse orientado suas pernas com um controle de PlayStation: tanta sutileza e precisão só podem surgir de uma insólita combinação entre arte e ciência, mente e alma, algoritmos e coração. Müller é uma ave de rapina que fareja o gol a quilômetros de distância. Kroos joga com tanta elegância que deveria usar terno. Até as ausências — de Marco Reus e Gündoğan — recobrem o time com uma armadura extra, pernas invisíveis que empurram a bola quando ela quer escapar do domínio. Como é bonito o futebol. Penso na França de 98 — ou melhor: nos vídeos da França de 98 —, na vitória da Nigéria contra a Espanha. E me vem à mente a atuação soberba de Schweinsteiger na partida contra a Argentina quatro anos atrás, e o lamento de Maradona, e percebo que a beleza do futebol não está no gol, mas em outra coisa. Basta recordar a tabela entre Alexis Sánchez e Charles Aránguiz, o espasmo de David Luiz, o fantasma do Maracanazo que paira como um drone sobre o Mineirão.

Brasil e Chile empatam em um a um pelas oitavas de final da Copa de 2014. O árbitro apita o término da prorrogação.

Pênaltis, diz o locutor.

Tayson se levanta da cadeira, segura a nuca com as mãos e suspira como se estivesse a ponto de fazer uma prova para a qual não estudou.

Gosto do Chile. Seus jogadores se conhecem de memória, quando querem. Um dos meus sonhos é alcançar esse grau de entrosamento com meus colegas de equipe, saber em que estão pensando quando preparam o drible, o que procuram quando, num lateral, seus olhos me olham como se tentassem transmitir as coordenadas de uma viagem. O problema do Chile, o único problema, é que falta aos seus jogadores o que chamam de efetividade: a capacidade de fazer gols mesmo quando não fazem uma boa partida, algo que seleções como Brasil e Argentina têm de sobra.

E essa carência de efetividade também se traduz em nervosismo: o Chile perde os dois primeiros pênaltis.

Alexis Sánchez errou. Vez do Brasil: a câmera enfoca Bravo, o goleiro, depois o rosto de uma torcedora brasileira usando chapéu de arlequim com as cores da sua bandeira; meu pai diz mas que bela mulher: não sabia que no Brasil havia mulheres de tez marrom.

O brasileiro está prestes a cobrar o pênalti quando a transmissão cai. Tayson e seu pai enlouquecem.

É isso que acontece por não terem pagado a TV a cabo quando eu disse pra pagar, diz minha mãe em tom de reprimenda. Meu pai se aproxima da televisão, futrica os fios do aparelho. Vejo minha silhueta e as de Tayson e seu pai no reflexo da tela preta. Os dois passaram da loucura ao silêncio e agora estão imóveis, rígidos, talvez pensando em toda a glória ou todo o horror que milhões de brasileiros devem estar sentindo neste exato momento.

A sensação de bomba prestes a explodir dura até que minha irmã Érica nos entrega seu telefone e diz o Brasil ganhou, olha só.

Tayson e seu pai se lançam sobre o aparelho. Pegam os seus para confirmar a notícia.

Merda, não tenho crédito, diz tio Waldo.

Nem eu, responde Tayson.

Toma, toma, vai até o mercado e compra dois cartões de dez; não, melhor comprar cinco, talvez não tenham troco.

Depois de algumas bebidas, Tayson conta a Dino sobre sua vida em São Paulo. Fala de Itaquera, bairro onde fica o estádio do Corinthians, e dos shows a que assistiu.

Nickelback, Foo Fighters, Pennywise.

Dino não se impressiona com nenhum desses nomes. Nem sequer quando Tayson conta que ouviu de fora um show dos Rolling Stones.

O rosto de Dino só se ilumina quando meu primo, já alto pela neve que cheira escondido no banheiro, fala do dia em que o coreano do armazém o expulsou ao perceber que ele não era brasileiro.

Caralho!, exclama Dino. Isso rende uma tese inteira, dá um filme.

Abre uma nova garrafa de rum.

A casa de Dino é pequena. Uma quitinete situada no último andar de uma casa em Ciudad Satélite. As paredes estão descascando e, para disfarçar, Dino pendurou diversos cartazes, dentre os quais se destaca um quadro de Jesus Cristo virado de cabeça para baixo.

E dado isso tudo, diz Dino, você se considera brasileiro ou boliviano?

Tayson olha para o copo vazio, brinca com ele. Depois de alguns segundos, responde:

Não sei. Meu problema é esse.

E você, o que você acha?, pergunto a Dino, encorajado pelos quatro copos de rum adulterado que circulam no meu organismo. Boliviano ou brazuca? Meu primo tem cara de quê?

Dino mistura rum com refrigerante num jarro sujo. Serve o conteúdo nos nossos copos.

Nenhum dos dois, responde. Nem boliviano nem brasileiro. Você, Taysinho, é que nem a gente: aimará.

As férias de inverno se aproximam, se bem que de férias terão pouco: em vez de ir ao colégio, precisarei comparecer todos os dias à base aérea, das sete da manhã às três da tarde.

Tayson sugere que eu não vá. Dino o apoia. Do jeito que os direitos estão evoluindo, diz, daqui a pouco tempo a exigência do certificado de serviço militar pra assumir um cargo será inconstitucional. Veja meu caso: não fui ao quartel porque estava na Argentina e nunca me pediram o certificado pra nada.

Um dia antes do início do recrutamento diário, Tayson e eu damos uma volta por La Paz. É a primeira vez que viajamos de teleférico. Meu primo está feliz: pede para eu tirar uma foto.

Ajusto o foco, olho o enquadramento: Tayson parece mais gordo que o normal, seu rosto todo rachado do frio de tanto trabalhar sem gorro, e agora só veste preto.

Em questão de dias, meu primo passou de um gordinho simpático a um gordão emo de merda.

Além disso, é kpopper. Essa informação é material mais que suficiente para eu me vingar dele por ter namorada, mas alguns dias atrás vi um vídeo que ele compartilhou no Facebook e, para dizer a verdade, não me desagradou de todo. Depois procurei outras músicas coreanas famosas, e meus ouvidos oscilaram entre a repulsa e o deleite. Gostei e não gostei. Me atraem e me repelem. Penso: deve ser essa a sensação das pessoas que não aceitam bem sua sexualidade. Não entendo merda nenhuma das letras, mas quem precisa de palavras quando BoA Kwon dança o amor e todos os seus movimentos são fadados à punheta?

Também gosto de Lee Michelle: meio negra, meio coreana. (Algo me diz que a voz da Mendoza é parecida com a dela).

Without you neo eobsi nan gwaenchanh, diz a letra de uma música.

Tayson me pergunta no que estou pensando.

Em nada, respondo sobressaltado. Deixa eu tirar outra foto. A última ficou tremida.

Chegamos à Zona Sul quando o sol se torna mais insuportável que nunca. Tiro a jaqueta, mas meu cheiro de sovaco me obriga a vesti-la de novo. Como os teleféricos de La Paz nunca param, é preciso sair depressa antes que a porta feche e a cabine avance sem freio. Tayson não sabe disso e permanece imóvel no assento enquanto eu saio da cabine. A porta se fecha. A cabine se afasta com meu primo dentro. Nos olhamos através do acrílico transparente. Tayson se afasta e eu pego o celular para captar o momento.

Zona Sul de La Paz. Três e meia da tarde. Percebe-se que não pertencemos a este lugar porque somos os únicos em busca de calor. Eles, os moradores, fogem do sol porque estão muito acostumados com ele. Vêm de Achumani ou Los Pinos, uniformizados com suas mochilas Totto, falando uma língua que fede a inglês de escolinha, com trejeitos que parecem dizer sou boliviano, mas nem tanto. Entre eles e nós existem uns cinco ou seis graus de diferença, o suficiente para definir um estado de ânimo, o tom de voz, a escolha de um caminho.

A Zona Sul é quente, contanto que se entenda por quente sinônimo de não muito frio. Eles, os moradores, buscam a sombra, resguardam-se nas marquises, usam filtro solar. Nós, que viemos do verdadeiro frio, aprendemos a aproveitar todo o calor possível. Nada de filtro. Nada de andar pela sombra. Precisamos de calor. E, se usamos gorro, não é para interceptar nenhum raio solar, mas para esconder nossos cabelos revoltos. Tanto faz vestirmos um blusão de gola alta ou um moletom com capuz, ou que não tenhamos dinheiro nem para um suco e nossa garganta seja um Saara após a caminhada: no sul, buscamos o calor para armazená-lo e usarmos quando faltar.

Sei que não pertenço a este lugar porque tomo sol em um banco de Irpavi e sinto que estou fazendo fotossíntese.

III

As duas semanas de instrução diária se mostram menos demolidoras do que eu esperava. Em certa medida, são até agradáveis. O terreno é difícil, sim, mas me saio bem na revista e ganho o respeito dos meus colegas. Tanto os instrutores como os pré-militares parecem ter se dado conta de que estamos na reta final de todo esse circo, de modo que os castigos são cada vez menos duros e nossa vontade de fazer os exercícios aumenta ao sabermos que logo tudo acabará. Outro incentivo é a promessa dos superiores: após a última revista, dez de nós, os mais picas dos mais picas, vamos saltar de paraquedas do Robinson R44.

O melhor dia de instrução é uma quinta-feira em que o subtenente Aldana traz uma bola. Dá ordens para montarmos times de seis. Formo o meu com Chuquimia, Mamani, Salas, Pacheco e Aróstegui.

Jogaremos de botas nesse terreno onde, segundo a lenda, um sargento capturou o rato gigante que serviu de almoço a uns novatos amotinados. A companhia Charlie forma oito times, o suficiente para as eliminatórias a partir das quartas de final.

Só um pouquinho, só um pouquinho, diz o suboficial Pari. Nós também temos um time dos superiores.

Charlatão como sempre, Pari diz que o time dos veteranos jogará contra todos os times. O campeão será quem conseguir derrotá-los.

Sucre aparece vestindo o uniforme da seleção boliviana. Observem e aprendam, bando de porcos, diz enquanto se alonga, observem e aprendam.

Sentados na grama, enquanto esperamos nossa vez de entrar em campo, meus colegas e eu distribuímos as posições.

Chuquimia, que permaneceu mudo durante todo o aquecimento, diz que precisamos de inspiração.

Para de viadagem, diz Pacheco.

Viado teu cu.

E tira um cantil do bolso lateral da calça.

Vamos dar uma batizada então, acrescenta Chuquimia.

Esfrega as mãos.

Aróstegui sugere irmos beber no hangar do Fokker 27, que fica mais afastado e além disso é espaçoso. E a partida?, pergunta Salas. Larga de ser viado, diz Chuquimia, tem sete times antes do nosso. E os instrutores precisam jogar com todos os times. Uma partida dura pelo menos vinte minutos. Vinte vezes sete... Porra, sei lá. A questão é que a gente tem mais de uma hora.

Na metade do caminho, Mamani tira um baseado do bolso da blusa. Deve ser erva importada, porque quando chegamos ao hangar o mundo já se suavizou o suficiente para eu perder a vergonha de cantarolar uma canção de amor que não sai da minha cabeça. Chuquimia se junta a mim.

A porta do hangar desliza com facilidade. É que o Fokker é o neném do capitão, diz Aróstegui, por isso a porta está bem engraxada. Achamos o interruptor depois de alguns minutos tateando. Não sei se é o hábito, ou talvez a maconha, o fato é que, quando acendemos a luz, o Fokker não parece tão monumental quanto achávamos que era.

Tanto drama pra isso?, diz Chuquimia.

O Fokker 27 é um avião com uma hélice em cada motor lateral. O nariz está riscado, como se alguém tivesse passado uma moeda várias vezes sobre a superfície. As janelas ficam debaixo das asas. Numa das laterais, se lê: EXÉRCITO DA BOLÍVIA. Fabricação holandesa, diz Mamani enquanto empurra uma das hélices. Aróstegui tira uma selfie com o avião de fundo.

O álcool e a erva nos relaxam imediatamente, e esquecemos da partida. Alguém põe música no celular. Não nos preocupamos em ser ouvidos por algum soldado.

Mamani se aproxima de mim. Me envolve com o braço. Diz:

Posso te dizer uma coisa? Pra mim, teu primo sempre foi um tremendo bundão. Sempre se achou o bonzão. Mais de uma vez tive vontade de mandar ele à merda.

Pacheco se junta à conversa:

Sim, o Pacsi 2 era um viado. Te digo como amigo. Nada a ver esse teu primo.

Por que ele desertou?, pergunta Chuquimia. Não quer servir nossa pátria? Pô, quem ele pensa que é?

Isso é problema dele, respondo. Para mudar de assunto, comento como a Costa Rica está indo bem na Copa.

Mas Pacheco quer continuar:

Metido a brasileiro o outro Pacsi, né? Pobre ignorante de merda.

Chuquimia tira outro baseado do bolso lateral da calça. Vamos relaxar, pô. Vamos relaxar, seus manés.

Pacheco não presta atenção no baseado (e com isso me dá a entender que ainda não acabou de falar do meu primo).

Metido a brazuca, o bundão. Se pego ele na rua, ensino a amar a tricolor.

E agora sim, baseado entre os lábios, acrescenta:

Espero que essa covardia não seja de família.

Baixa a bola, eu digo.

Vem baixar então.

Quer ver, sua putinha?

Fico na frente de Pacheco e reparo na constelação de grãos na zona da sua barba. Pacheco imita o olhar de Sucre: se seus olhos fossem punhos, neste momento minha cara estaria cheia de hematomas.

Salas se interpõe entre nós. Calma, calma, garotos. De repente escutamos passos se aproximando. A tensão paralisa todos nós.

Alguém bate na porta do hangar. Apagamos a luz e nos escondemos atrás do avião. Alguém bate na porta mais uma vez. Faz isso diversas vezes, antes com o punho e depois com uma moeda. Esperamos quase meia hora até que a pessoa que bateu pareça ter se afastado. Aproveito a penumbra para roubar o quepe de Pacheco.

Quem era, porra?, ele pergunta, alterado.

Deixo o quepe de lado. Mamani diz para sairmos.

Uma vez lá fora, nos encontramos com Pinto, um babaquinha da companhia Beta que ninguém respeita. Sucre me mandou procurar vocês, diz. Está irritado. Vocês tinham que ter apresentado o nome do time e a lista de jogadores. Disse que tem que ser o nome de um país da Copa.

Como a gente vai chamar?, pergunta Aróstegui.

Alguém sugere Alemanha, mas outro diz que é bem provável que alguém já tenha escolhido esse nome. Bolívia, diz Mamani. Deixa de ser burro, a Bolívia não tá na Copa.

Chegamos ao campo ainda sem ter nome. Estou enjoado, penso no monólito Tunupa, imagino que o estou acariciando, que o contato com ele me dá coragem. E com a voz mais enérgica que minha garganta de dezessete anos consegue modular, digo:

Vamos chamar Chile... tanto faz, porra.

No fim escolhemos Holanda, e aos quinze minutos já estamos perdendo por seis a zero. É o mais lógico, porque todos no meu time estão chapados e os instrutores jogam com tênis apropriados.

A maconha que circula no meu cérebro me faz fantasiar em quebrar a perna de Sucre. Imagino o som do osso se partindo. Ele franze o rosto, sua humanidade desmorona, o pó se levanta, seus olhos se voltam para o céu e para as nuvens cinzentas que são a estreia de uma existência sem trotes pela manhã, sem chutes na bunda de recrutas preguiçosos, sem ficar de quatro.

Acordo ao levar uma caneta do suboficial Pari. Merda, Pacsi, diz Mamani, presta atenção, pô.

Como era de esperar, nenhum time consegue vencer o de Sucre, de modo que os instrutores se proclamam campeões e seu prêmio consiste num troféu improvisado que uma esquadra da companhia Bravo montou com garrafas PET. Enquanto recolhemos nossas mochilas, o sargento Bohórquez aparece e diz que ninguém pode deixar o regimento.

Atenção!, grita. O tablet do subtenente Aldana sumiu.

Segundo afirma, o aparelho desapareceu da mochila do superior, que estava no gramado junto com as mochilas dos pré-militares. Bando de larápios, diz Bohórquez, já para o pátio central, e deixem suas coisas lá. Ninguém sai até o tablet aparecer.

Aldana é um militar jovem. De pele esbranquiçada, cara de quem está sempre prestes a pegar um resfriado. Quando fala do objeto perdido, seus lábios tremem e sua expressão é a de um garoto que levaria uma surra dos pais se estes descobrissem que ele perdeu o aparelho. Como não tem autoridade suficiente para nos amedrontar com suas reprimendas, enquanto ele fala nós trocamos cochichos e mensagens de celular.

Depois de revistar as mochilas de todos os pré-militares do batalhão e não encontrar nada, Sucre ordena que nos organizemos para encontrar o ladrão.

Não me interessa o jeito que vão dar, diz Sucre, vocês têm uma hora. Têm uma hora pra fazer esse tablet aparecer. Procurem em todo o regimento. Sei lá. Talvez o ladrão tenha se arrependido e escondido o aparelho debaixo de algum avião. Procurem, conversem entre vocês. Comandantes de esquadra, não sejam paternais, imponham respeito.

A busca, porém, descamba para o deboche. As esquadras se misturam entre si e em pouco tempo acontece o óbvio: os mais de oitocentos jovens do sexo masculino que formam o batalhão fazem de tudo para se aproximar das menos de cem pré-militares do sexo feminino.

Mamani me apresenta duas garotas. Uma delas, a de cabelo crespo e peitos redondos, se chama Carol; a outra, de cabelo liso e curto, tem um nome estranho: Vida. (É esquisito saber o primeiro nome de alguém neste lugar. Aqui todo mundo é um sobrenome. De fato, à exceção dos nomes dos nove colegas que formam minha esquadra, Carol e Vida são os primeiros nomes de batismo que escuto em muito tempo.)

Seria bom ter um pouco de álcool. Ou de erva. Embora, pensando bem, acho que nem o álcool nem as drogas fazem falta. Temos garotas, e isso é suficiente para que o ambiente se anime e alguns colegas com quem nunca falamos se aproximem da gente. Chuquimia é um dos que melhor vende seu peixe para as mulheres. Se concentra em Carol e a convence a procurar o tablet perto da cerca.

O restante de nós luta para conquistar a atenção de Vida. Ela, por sua vez, conversa conosco com naturalidade, estabelecendo contato visual com todos e ao mesmo tempo com ninguém. Conta seus planos. Sorri.

Estuda num colégio de Ciudad Satélite e diz que se inscreveu no vestibular de arquitetura, em La Paz. Quando nos pergunta o que queremos fazer depois de nos graduarmos, todos dizem que entrarão no colégio militar. Eu fico em silêncio. E você?, pergunta, e até este momento não tinha me dado conta de que em menos de cinco meses deixarei o colégio e, de repente, é chegado o momento de pensar no que os adultos chamam de *futuro*. Não me vejo indo à universidade. Tampouco trabalhando como comerciante. Penso em tudo isso enquanto Vida me observa com seus olhos grandes e saltados. Dois círculos que são mundos em si, duas bocas de lobo que parecem gritar: o futuro é isso, isso! Ao longe, as tonalidades do horizonte anunciam a chegada da noite, e essa combinação, olhos + entardecer + futuro, revira meu estômago e projeta na minha mente possíveis imagens do que a vida me apresentará: uma banca de gelatinas em La Ceja, uma van vazia, um motorista pançudo (eu) trocando ofensas com um motoqueiro imprudente, a barriga de uma mulher grávida, o cenho franzido do meu pai ao escutar que não irei à universidade, a boina de Dino na minha cabeça, um bar de quinta categoria em La Paz, um ônibus com destino a São Paulo.

Acho que vou tirar um ano de descanso, digo.

Você podia entrar na escola de sargentos. Tem porte de militar, diz Vida.

Não digo a ela que acho ofensivo ela me ver só como sargento, e não como subtenente.

Em vez disso, copio a estratégia de Chuquimia e sugiro procurarmos o tablet em outro lugar.

Caminhamos a passos lentos. Só começamos a conversar depois de nos afastarmos o suficiente dos nossos colegas.

Estou empolgado pra saltar de paraquedas, digo.

Bom pra você. Ruim pra nós, mulheres, porque não vão nos deixar saltar.

Sério?

Sim, uma merda.

Falamos da vida na base aérea e logo ficamos sem assunto para conversar. O sol é uma semente vermelha no horizonte. Olho para ele com atenção, como se buscasse inspiração no seu resplendor. Vida mexe no celular. Tira uma foto do entardecer.

Tem namorado?, pergunto por perguntar.

Terminamos faz um mês. E você?

Mesma coisa. Terminamos faz pouco.

Gostava dela?

Não sei o que responder: se disser que sim, Vida vai pensar que ainda há algo entre mim e minha ex-namorada fictícia, e desanimará quando eu tentar algo com ela; se disser que não, vai pensar que sou um insensível que só pensa em trepar. Respondo o que gostaria de ouvir: gostava dela... mas só um pouco.

Ela me conta do ex-namorado com emoção. Chama-se Ismael e é nove anos mais velho que ela. Se conheceram pelo Facebook. Ele curtia todas as fotos que ela postava; Vida fazia o mesmo, até que um dia ele perguntou, e se a gente sair em vez de ficar dando like?

Ela gostou dessa ousadia e se conheceram naquela mesma noite. Começaram a namorar na semana seguinte.

Era um gato, diz Vida, mas tinha esposa.

A rua é ampla e empoeirada. Na calçada do lado direito, uma matilha de cães toma sol de olhos entreabertos. Olham enquanto eu passo, me examinam; um deles, o vira-lata de cicatriz no focinho, faz menção de querer se levantar, calcular a dose exata de raiva nos beiços, correr atrás de mim. O solzinho dessa hora, porém, parece mais importante que seu instinto protetor, mais importante que meu gorro de gângster e o vasto histórico de assaltos desta cidade: o cão desvia o olhar.

Passo reto. Paro em frente a uma barraca de rua. A dona está dormindo, e fico tentado a surrupiar um pacote de pipocas, guardar no bolso do moletom e fugir. Estou a ponto de me tornar um ladrão quando uma garota surge do nada e pergunta se tem gelatina. A mulher acorda. Nossos olhares se cruzam. Sinto que seus olhos podem ler os meus, de modo que dou meia-volta e me afasto com a sensação de estar com o rosto pegando fogo.

As manhãs em El Alto são silenciosas, ao menos nos bairros mais afastados. Tento fazer o que Dino recomendou: aproveitar o sol da manhã para me sentar num banco e ler um dos livros que ele me emprestou. Mas não consigo. Só quero andar, andar. Subir numa van, descer na parada, caminhar outra vez. Caminhar e ver se encontro algum campinho onde precisem de um volante com boa finalização a meia distância. Caminhar e ver se encontro alguma mulher que me faça esquecer Vida e Mendoza. Dino costuma dizer que ler é como se transportar a lugares desconhecidos. Não me convence. Para que vou querer um livro, se tenho pés? Para que ler se posso erguer o olhar, contemplar as nuvens que parecem se lançar sobre El Alto e me surpreender como se fosse a primeira vez?

Não vou ao colégio há uma semana, desde que acabaram as férias de inverno. Passei as manhãs dos dois primeiros dias com Tayson; jogamos Warcraft durante horas e andamos pelas ruas de Villa Ingenio. A ideia era irmos a La Paz hoje para conhecer o bosque, mas a namorada de Tayson ficou doente e pediu para ele acompanhá-la até em casa.

Caminho por Las Kiswaras e um cachorro fareja minha panturrilha. O animal é grande e seus dentes parecem garantir a segurança do bairro mais que os bonecos pendurados nos postes. Parece que vai me atacar, mas, em vez disso, mostra a língua e abana o rabo.

Começo a acreditar que os cães não me atacam porque perceberam que entre mim e eles não há muita diferença: somos todos andarilhos e nossos maiores objetivos são aproveitar os lugares com sol e encontrar uma fêmea para acasalar.

No dia seguinte, na avenida 6 de Marzo, um homem parecido com meu pai desce de um micro-ônibus. Assim que o vejo, atravesso a rua e corro a tanta velocidade que mais de uma pessoa deve ter pensado que roubei alguma coisa.

Por que voltou tão cedo?, pergunta minha irmã.

O professor nos deixou sair antes porque tinha reunião com o diretor.

Numa sexta-feira ao meio-dia, entro num restaurante em La Ceja e peço um torresmo. Exceto pela proprietária, o lugar está vazio. Como tão depressa que por pouco não me engasgo com um *chuño*. Depois de terminar, aproveito que ela está distraída e saio sem pagar. Corro tão rápido quanto Sucre e meu pai dizem que os peruanos correm. Quando já me afastei o suficiente, agacho-me com vontade de vomitar. As moedas que acabo de economizar, e que acaricio no bolso da calça, me dão forças para aguentar.

Afora isso, ninguém em casa se dá conta. Talvez seja por causa da Copa. Amanhã o Brasil joga contra a Alemanha, e meu pai e tio Waldo fizeram uma aposta demencial: o irmão cujo time perder terá que comprar uma televisão de LED para minha avó antes da final. Não que meu pai esteja em condições de cumprir sua palavra, mas já faz um tempo que ele e tio Waldo travam uma guerra fria que mexeu com os ânimos da família inteira. Essa aposta, acho, é um modo de evitar brigas, reclamações de bêbados, vinganças como derrubar as roupas do outro do varal ou tramar planos para ficar com toda a herança.

No dia do jogo, Tayson e seu pai estendem na janela do seu apartamento uma bandeira do Brasil. A sala está apinhada. De homens... As mulheres preparam *fritanga* na cozinha enquanto escutam a rádio Chacaltaya em volume baixo.

Tio Waldo põe o terço no pescoço e conversa com Tayson em português. Um português bem brasileiro, com sotaque de programa de TV da Igreja Universal e boas doses de teatralidade. Vejo as escalações no celular enquanto espero uma mensagem de Vida. Conversamos todos os dias, e receber seus emojis é o mais próximo de um beijo que existe na minha vida.

Para que não se repita o episódio da partida contra o Chile, tio Waldo e os convidados ligaram os radinhos no volume máximo. Um narrador de voz fanha diz que o jogo está fácil para o Brasil.

A partida está prestes a começar. Lembra de quando fomos a esse estádio?, pergunta tio Waldo em espanhol. Meu primo franze o cenho, como se não soubesse do que ele está falando.

Por acaso não lembra, filhinho?, insiste tio Waldo. Vimos um Cruzeiro × Galo.

(Dias depois, Tayson confessará para mim que seu pai só disse isso para causar inveja ao meu.)

A partida começa: nem todos os radinhos de El Alto, nem todos os livros gordos que Dino guarda na sua estante bastariam para descrever o que presenciarei dentro de alguns minutos. Então vou resumir: a partida acaba 7 a 1 para a Alemanha; tio Waldo abandona a partida dez minutos antes do fim; meu pai desliga a televisão e por sua expressão sei que este é o melhor dia da sua vida.

Vida responde por volta da meia-noite. Por dignidade, decido responder a ela só uma hora depois. Mas sou vencido pelo sono, e o pesadelo que me acossa inclui a imagem de Vida beijando Sucre e o rosto de centenas de crianças brasileiras chorando no gramado do Mineirão.

Tayson não dura muito tempo como anunciante das vans. Logo se dá conta de que pode ganhar mais dinheiro fazendo outra coisa e procura emprego na oficina de um tio que mora em La Paz. Não consegue nada e, quando tenta recuperar seu posto de anunciante, um gordo de rosto talhado lhe informa que precisa pagar duzentos bolivianos para se juntar ao *sindicato*.

Tayson tenta fechar um acordo com um motorista, mas aparecem uns garotos anunciantes e o ameaçam com navalhas.

Como não vou ao colégio, meus dias são longos, e por isso me ofereço para vender os livros de Dino quando ele estiver na aula ou andar muito ocupado. Tayson, que de uns tempos para cá aprendeu a equilibrar bem sua cretinice brasileira com a cretinice andina que pode render milhões na Feria 16 de Julio, aproveita para fazer a mesma proposta: se quiser, diz, trabalho de graça nos primeiros dias.

Dino conta que montou esse negócio porque odeia trabalhar com gente que jamais compreenderia o valor da palavra escrita. Mas, como somos da mesma raça, abrirá uma exceção.

Um aimará não pode sacanear outro, diz.

Sua única condição é lermos pelo menos um livro a cada duas semanas. E assim, alguns dias depois, Tayson e eu estendemos o plástico na praça de Ciudad Satélite, arrependidos de não termos trazido gorros, e tentamos ativar o tino de comerciante que, segundo Dino, todos nós indígenas herdamos com a pele e a propensão ao álcool.

Nosso primeiro cliente é um barbudo de jaqueta de couro. De tanto acompanhar Dino em La Ceja, acabei treinado para reconhecer o brilho leitor nos olhos das pessoas... Ou talvez tenha sido a maneira como o homem acariciou o livro, sua forma de manusear os volumes em promoção a cinco bolivianos, um modo de esquadrinhar que associo ao modo como os homens solitários devem procurar o amor da sua vida em cada mulher com que se deparam nas ruas.

O ponto é que eu sabia que o barbudo levaria alguma coisa assim que o vi se ajoelhar para ver a mercadoria. Nossa primeira venda: o homem paga depressa, como se estivesse comprando drogas, e Tayson pede para ele tirar uma foto nossa segurando a cédula que acaba de nos entregar.

São dias — tenho certeza — dos quais sentirei falta daqui a alguns anos. Tayson se revela mais fã de pornografia do que eu imaginava. Conhece sites que nem eu nem nenhum dos meus colegas da Força Aérea sabíamos existir. Não passa um dia sem que me envie um link para um vídeo que, a seu ver, merece uma boa gozada: nesta manhã mandou o de um casal trepando no mirante de Killi-Killi.

Têm algum livro do Osho?, pergunta uma garota de pele fantasmagórica.

Não temos, respondo.

São seis da tarde de uma sexta-feira de tempo ameno. O inverno deu uma trégua e pude me dar ao luxo de usar um só blusão. Estamos na entrada da UMSA, e até o momento saíram uns dez livros. Tayson está de bom humor: sua comissão esta semana já soma uns quarenta pesos, o suficiente para pagar algumas horas de um quarto com a namorada.

Dino chega por volta das sete da noite. Está um pouco chapado e propõe comermos alguns hambúrgueres para comemorarmos nossa *habilidade indígena*.

O que vão fazer com sua comissão?, pergunta enquanto acende outro baseado. (Segundo ele, para dar mais sabor ao hambúrguer).

Vou sair com minha namorada.

Achei que ia comprar coisas de K-pop, digo de brincadeira.

Talvez, diz Tayson, talvez.

Seu bom humor me surpreende: até uma semana atrás, falar em K-pop bastava para que ele resmungasse xingamentos em portunhol. É como se toda a nuvem de amargura que crescia no seu interior tivesse se deslocado para outros lugares... para minha mente?

Dino dá um pega no baseado, não sem antes confirmar que ninguém nos observa. Dissipa a fumaça com a mão. Comenta: é interessante isso do K-pop. Tenho uma hipótese de que os bolivianos gostam do gênero porque é mais fácil ficar parecido com seus ídolos. Digo: é mais fácil se maquiar e se passar por coreano que pintar o cabelo e fingir que é o Justin Bieber.

Tayson mostra o dedo do meio para ele.

Dino lambe a maionese do saquinho do seu hambúrguer. No fim das contas, temos o mesmo cabelo dos asiáticos, diz, olhos pequenos.

Presto atenção em Tayson e me dou conta de que está mais andino a cada dia. Comparo seu rosto com o da foto do seu perfil de Facebook postada em 2011: seus traços estão mais pronunciados, como se Deus, durante todos esses anos, tivesse demorado a moldar bem seu rosto.

Voltamos para casa numa van cheia. Tayson viaja no assento dobrável. Olha distraído pela janela.

Volta à realidade quando começa a tocar uma *chicha* peruana. É Yarita Lizeth; a canção, "Vasito de licor". O sentido daquela música parece acalmar algo na sua alma. Ou, melhor dizendo, parece abrir o cadeado que protege sua vergonha coreana:

conta que um dos objetivos para o restante do ano é formar seu próprio grupo de dança K-pop.

Que quer dançar.

Que sua namorada lhe apresentou um sujeito que está disposto a lhe ensinar uns passos.

E você, o que pretende fazer depois que terminar o pré-militar?, pergunta.

Talvez a fumaça da maconha de Dino tenha encontrado um caminho até minhas fossas nasais. Talvez eu tenha virado um tarado. O fato é que estou pouco me lixando que a van esteja em silêncio e que ao meu lado uma dona com cara de moradora de Ciudad Satélite me olhe desconfiada. Por isso digo:

Meu único objetivo é trepar com a Vida Palomeque.

Pensei que você gostava da Mendoza.

Chegamos à saída para La Ceja. Descemos. O frio açoita minhas pernas. Tayson esfrega as panturrilhas. Estica as meias, que são de futebol, por cima da bainha da calça de moletom.

Na parada onde esperamos o ônibus que vai até nossa casa, Tayson pergunta a um bêbado se pode dar uma tragada na bituca do seu cigarro.

Quando digo que nunca transei, Tayson reage pior que na vez que um sujeito disse que no Brasil comem macacos.

Caralho, mano. Inacreditável. Precisamos fazer alguma coisa.

É assim que, três dias mais tarde, a missão de tirar minha virgindade começa na casa de Dino. Reggae no aparelho de som e um cachimbo de maconha conectando as salivas. Estudantes de ciências sociais falando dos infinitos problemas deste país, perdendo-se em meio à fumaça de cannabis e, ao que parece, tentando encontrar a solução para esses problemas em cada tragada.

Tayson conversa com um sujeito que não para de repetir que admira Ronaldinho. Para escapulir, meu primo diz que não fala espanhol direito e alterna palavras em português.

Todos os amigos de Dino militam no que ele chama de *movimento indianista*. Nenhum deles consegue evitar se perder num turbilhão de meia hora de palestra cada vez que pergunto o que exatamente é o movimento, de modo que sempre que alguém menciona as palavras *raça* ou *aimará* eu tento mudar de assunto para não ter de aguentar outro sermão.

Alguns dias atrás, nessa mesma casa, um amigo de Dino fez um sujeito de óculos fundo de garrafa chorar depois de convencê-lo de que não era mestiço, mas índio. Que era aimará, e não boliviano. O cara dos óculos, mais chapado de maconha que o resto, choramingava e dizia: sim, sou índio, acabei de descobrir.

A evangelização de Dino e sua gangue parece doer em todos os declarados convertidos. É como um novo amanhecer, disse um dos amigos de Dino: é admitir que você viveu uma mentira e despertar para o que você realmente é; é como nascer de novo.

Para mim, soa como um clube de autoajuda, embora deva admitir que não me importaria fingir que acredito na bíblia *La revolución india*, contanto que isso arranque um sorriso da gata em que estou de olho. Dino diz que ela já está reservada e que em breve chegarão outras garotas. Calma, bróder, de repente alguma delas pode querer deflorar um companheiro de luta.

Passam-se as horas. Me entedio. Ninguém fala comigo. Estou a ponto de ir embora quando um sujeito com pinta de grã-fino grita:

Opa, meninas! Sejam bem-vindas. Estávamos cansando de esperar.

As duas garotas aparecem com uma garrafa de cuba-libre e um saquinho de coca que desponta para fora de uma sacola branca. Chegam já depois da meia-noite, quando Tayson dorme na poltrona e Dino está tão entorpecido que não percebe que um cara acaricia o meio das suas pernas.

Uma das garotas se aproxima de mim, diz que me conhece. Te vi vendendo livros na porta do Monoblock. Era você, né?

Não restam mais que dez pessoas no único cômodo da casa, a maioria delas em outro mundo ou se divertindo com alguém que acabam de conhecer. Como não fumei nada, tenho muita consciência de tudo o que acontece ao meu redor, a ponto de reparar perfeitamente que, enquanto a garota fala comigo sobre literatura e acaricia meu ombro de tempos em tempos, sua amiga se dedica a retirar livros da estante de Dino e guardá-los dentro da sua bolsa.

Como você chama?, pergunto à garota.

Katia, responde.

É pequena e tem algumas mechas do cabelo pintadas de azul. Conta uma anedota sobre uma amiga que reprovou na mesma matéria cinco vezes seguidas, e alterna o relato com risadas escandalosas que tornam ainda mais visível o bolo de coca dentro da sua boca. Procuro sua amiga com o olhar e a vejo conversando com Tayson. Ela faz cara de sono, apoia a cabeça no ombro do meu primo. Ele aproveita para envolvê--la com o braço.

A garota sorri.

Preciso ir, diz Katia de repente.

Procura a amiga, separa-a do meu primo. Tayson olha com resignação enquanto as mulheres se afastam, como quem olha o ônibus que acaba de perder. Ou pior ainda: como quem olha o avião no qual se afasta um ente querido.

Dino acorda e a primeira coisa que faz é conferir os bolsos para ver se está tudo em ordem. Em seguida, procura alguma garrafa que ainda tenha algo dentro.

Tayson senta-se onde Dino estava. Seu rosto — agora compreendo — não é o de um sujeito que perdeu um ônibus ou viu o amor da sua vida se afastando de avião: seu rosto é o de um homem que pensou que ia trepar, mas não vai trepar, o desejo ardente, um pau decepcionado.

Rodas disse que transou com Vida e todos acreditaram. É toda raspadinha, disse. Mamani perguntou como eram seus peitos.

Grandões, respondeu Rodas, parecem de silicone.

Que balela, decerto viu isso num filme pornô e tá inventando, disse Chuquimia, para depois nos lembrar de que ele sim tinha comido Crespo, a mais bonita de toda a base.

Mamani interveio com uma segurança que imitava perfeitamente a de Sucre:

Quem deu pra mim foi a Cristina Mollinedo.

Só faltou começarem a medir as pirocas, porque Mamani se apressou em pegar o celular e nos mostrar o vídeo de uma garota pagando um boquete com imenso afinco.

É da internet, disse Pacheco.

É a Dayana Páez, otário, disse Mamani. Olha o cabelo. É castanho. Olha meus tênis.

O horário de almoço acabou em seguida, mas a essência da conversa se manteve enquanto o subtenente nos dava uma aula de história no segundo pátio. Pacheco desenhou uma vagina na sua bota. Fez isso com errorex, e por sua expressão percebi que esperava os parabéns ou ao menos que eu perguntasse em quem tinha se inspirado.

Essa é a xota da minha mina, ele disse. Parece um morrinho.

Na hora da saída, Salas nos contou que algumas semanas antes tinha ido a um prostíbulo com Aldana e alguns veteranos. Falou emocionado. Contou que Aldana tinha dormido com uma menor e pedido a Salas que não contasse para ninguém. É um lugar lá na rua Doze, cheia de puteiros com fachada de edifício inocente. Segundo o relato de Salas, a construção tinha três andares e contava com vários quartinhos em cada um. Na porta de cada quarto, uma puta com roupa de baixo se oferecia e negociava o preço. A de Salas custou cinquenta pesos. O preço incluía duas posições e uma chupada.

E estavam limpas?, perguntou Mamani.

Mais ou menos, respondeu Salas. Antes e depois de trepar, as putas passam gel antisséptico pelo corpo. Esse é o banho delas.

Lembro dessa conversa enquanto entrego um livro de Victor Hugo a um rapaz com um bebê. São seis e meia da tarde e, em poucos minutos, Dino sairá da aula no curso de sociologia e recolherá os livros. Tayson não veio porque disse que tinha um ensaio de dança de K-pop em Las Kiswaras. La Paz expele, vomita seus profissionais de escritório: advogados feios de terno e sapatos pretos que lhes conferem uma quase elegância no despontar da noite. Quase elegância que se transforma em zero elegância quando um deles se aproxima de mim e, em voz baixa, pergunta:

Por acaso não tem revista de mulher pelada?

E aí, cara. Como foram as vendas hoje?, pergunta Dino ao chegar.

Digo que não muito bem, só vendi dois livros.

Dino recolhe a mercadoria e guarda na mala grande que leva consigo para todos os cantos.

Subimos pelo Prado até chegarmos à Pérez Velasco. É por aqui?, pergunto. É bem longe, responde Dino, espera.

Paramos um ônibus com destino a Achachicala. Ao subir, precisamos empurrar uma *chola** para conseguirmos lugar. O ônibus está cheio. Viajamos de pé.

---

* *"Chola"* é uma denominação para as mulheres com herança indígena da região andina da Bolívia, que usam vestimentas tradicionais. Historicamente, o termo teve conotações pejorativas. Porém, nas últimas décadas, uma reivindicação da identidade *chola* tem ganhado força. [N. E.]

Quando contei a ele das andanças do meu colega Salas, Dino me olhou com compaixão, como faz sempre que um potencial comprador lhe diz que adora os livros de Stephen King e ele precisa explicar, com a maior doçura possível, que esses livros são uma porcaria. Dino me olhou assim. E com essa mesma doçura explicou que a rua Doze não é lugar para estreante, que as putas de lá não são confiáveis, mané, conheço um lugar em La Paz onde você vai ter segurança por trinta mangos.

Vamos até esse lugar no ônibus cheio de *cholas* e pessoas saídas dos escritórios. Nesse lugar, espero conhecer aquilo que faz todos os homens perderem a cabeça.

Descemos numa avenida muito íngreme. Nas calçadas há muitas lojas, sobretudo lanchonetes de frango frito. Ao longe, as luzes das ladeiras do oeste bruxuleiam como se estivessem comovidas pelo que vou fazer.

Dino estende os braços. Tira a boina. Passa a mão pelo cabelo, sussurra: Achachicala, velha amiga.

Descemos por uma escadaria até nos depararmos com uma avenida escura.

Um cão late para nós feito um demente quando passamos perto do que deve ser a casa dos seus donos. Dino ri e diz que os cães dali não são nada comparados aos de El Alto. O cachorro daqui é tímido, diz, só late, que nem toda gente de La Paz.

O lugar — que Dino chama de Las Claudinas — fica numa ruazinha onde há algumas casas com paredes de calamina. Antes de tocar a campainha, Dino me pergunta se tenho capa.

Capa? Como assim?

Ué, camisinha, meu filho, proteção!

Não tenho.

Dino procura na carteira. Não encontra nada.

Preocupado, me diz para procurarmos uma farmácia. As garotas de Las Claudinas podem te dar camisinha. O foda é que cobram caro e o cafetão pode fazer um furinho de propósito e depois te chantagear pra cuidar do suposto bebê.

Voltamos para a avenida onde descemos do ônibus. Paramos diante de uma farmácia. Dino pede para eu entrar sozinho e comprar de uma marca tal, mas algo me paralisa. Olho para longe; as luzes dos morros parecem estrelas que caíram sobre uma boca preta.

Faz frio.

Tremo.

Somos os corpos que acariciamos, disse uma vez Dino, bêbado de tanta breja e livros de Fausto Reinaga. Somos os dias que restam a essas estrelas. Somos a nostalgia do mar, disse um dos seus amigos indigenistas. Somos todas as guerras que perdemos.

Tudo bem?, pergunta Dino.

Como não respondo, diz que talvez eu tenha exagerado na maconha e é melhor me levar para casa.

Não ir ao colégio deixa de ser divertido no segundo mês. Certa manhã, quando Tayson e eu exploramos a região de bares da Zona Sul pela décima vez, percebo que as casas muradas e com telhas vermelhas já não me fazem sonhar que estou no set de uma série estrangeira em que tudo acaba bem, e que meu primo, com seu metro e oitenta e esse corpo que bem poderia tirar a vida de uma amante mal alimentada, já não é o mesmo que, quase um ano atrás, bateu na porta do meu quarto e me perguntou o que queria dizer a palavra "queda" num contexto amoroso. Agora só se veste de preto e passa o dia conversando com a namorada no celular.

Também fala mal da Bolívia, o que é novidade. Quando chegou ao país, dizia que se sentia muito bem ao caminhar pelas ruas e ver que todos ao redor tinham um rosto parecido com o seu.

O que o salva de ser uma bola preta desalmada é o modo como vira as esquinas ou acelera o passo quando atravessamos a rua e o semáforo ainda está no verde: faz isso com a delicadeza de um passo de dança, como se a música coreana que escuta o tempo inteiro tivesse descido das suas orelhas para o corpo, dotando-o de uma cadência que, apesar do cenho franzido, amortece seu corpo e suaviza suas feições.

El Alto, por outro lado, saiu do mapa das minhas andanças. Arriscado demais. Embora eu jamais tenha sido o tipo de gente que é presa fácil para a paranoia, a experiência de algumas semanas atrás me deu uma lição soberana de desconfiança. Perto da estação do teleférico amarelo, em Ciudad Satélite, uma voz de mulher chamou meu nome. Virei-me e vi que era tia Corina.

Tá fazendo o que aqui, meu filho? Não tem aula, não?

Respondi que o professor tinha levado a gente para visitar o museu Paredes Candia e que eu estava voltando para casa porque me sentia indisposto.

Ai, filho, disse minha tia preocupada. Vou telefonar pro seu pai.

Disse para ela não se preocupar, que eram só sintomas de resfriado.

No dia seguinte, eu quis visitar a lendária quadra de grama sintética em Alto de la Alianza, mas o receio de encontrar algum parente me fez desistir.

El Alto havia se tornado uma intempérie trancafiada numa cela. Assim, decidi seguir o conselho de Tayson e fazer minhas excursões pela Zona Sul de La Paz. Dinheiro não me falta: as comissões de Dino e o dinheiro que ganhei com os livros que roubei dele e revendi a um livreiro da travessa Marina Núñez me trazem certo conforto.

Quem vocês estão procurando?, pergunta um guarda vestindo uniforme avermelhado.

Estamos passeando, digo.

Propriedade privada, jovens, diz o guarda.

Atravessamos para o outro lado da calçada. Damos mais alguns passos e outro guarda, este vestido de preto, nos pergunta a mesma coisa.

Estou procurando a casa de Rodrigo Castañeda, respondo.

Não conheço essa casa, diz o guarda. Quem são vocês? Vieram fazer faxina?

Tayson olha para ele com olhos que, se fossem dois raios lasers, teriam fulminado o homem e o feito em pedacinhos.

O guarda se afasta, sem deixar de nos fitar de canto de olho.

Quem é Rodrigo Castañeda?, pergunta Tayson depois que nos afastamos do guarda.

Não sei, respondo. Inventei.

A manhã passa entre silêncios incômodos e xingamentos em português de Tayson ao ler as mensagens da namorada. Numa dessas, pergunto se está tudo bem. Meu primo responde que sua namorada é uma desgraçada, filha da puta. Essa vagabunda acha que pode me foder. Porra!

Voltamos para o centro num daqueles micro-ônibus amarelos. Eu me acomodo no primeiro assento, bem juntinho ao para-brisa. Tayson viaja de pé. Uma senhora, antes de subir, pergunta se o ônibus vai para Achachicala.

Sim, sim, responde o motorista.

Sinto um aperto no estômago.

Quando chegamos à Pérez, digo a Tayson que preciso resolver umas coisas em outro lugar. Tayson murmura alguma coisa em português; interpreto como você só pode ter perdido a cabeça ou seu pervertido do caralho. A viagem me parece mais curta que da última vez; talvez por ser de dia e eu estar sentado.

O problema é que não lembro onde descemos da última vez, e o ônibus me leva até o fim da linha.

Prontinho, jovem, diz o motorista.

Daqui se vê a estrada para El Alto e o rio contaminado que atravessa La Paz. Procuro Las Claudinas durante mais de duas horas, mas, mesmo descendo a avenida e voltando a subi-la mais de uma vez, não encontro o lugar. Para descansar, entro numa lan house e pago três horas adiantadas de Warcraft.

O estabelecimento está cheio de garotos de uns doze anos. Um deles, talvez aturdido porque o amigo se sai melhor que ele no jogo, grita com voz de ensandecido: seu japa de merda, vou comer teu cu, assim você me obriga a comer teu cu, sério!

Parecemos um casal de velhos. Desses que fazem Guerra Fria por qualquer coisa. Tayson não parou de falar comigo, mas falta algo nas nossas conversas; malícia, argúcia.

Pesa suas palavras; sabe que a gênese das brigas está aí, em qualquer frase mal interpretada, em cada verbo: xinga em português. Eu, da minha parte, falo num espanhol mesticíssimo, com um R que soa como dois Rs e alternando palavras em aimará. Paramos de trocar links pornô. Até nisso parecemos um casamento em crise: Tayson comemora em voz alta a dupla penetração anal que baixou ontem e eu, para retribuir os ciúmes, ponho no celular o vídeo de umas russas que usam vibradores com forma de espadas do *Star Wars* e aumento o volume quando estão prestes a gozar.

Como Dino está em período de provas parciais, ficamos encarregados de vender os livros com maior frequência. O tempo já não passa: voa. Daqui a pouco chegará o licenciamento na Força Aérea e depois a formatura, da qual obviamente não participarei.

Tayson, além de tudo, arranjou um novo amigo. Iván, um estudante de literatura, dono do mercadinho. Em poucos dias se tornaram bons companheiros. De fato, Iván parece ter convertido meu primo em torcedor do Bolívar: ontem reparei que uma camiseta azul-celeste escapava por baixo do seu moletom, e a ideia de que jamais torcerá para o The Strongest me deu nos nervos.

(Vou me vingar virando são-paulino. Baixei o escudo do time, vou compartilhar a foto no Facebook.)

Trotamos pela avenida 6 de Marzo. Somos empurrados pelo vento e pelos insultos do suboficial Sucre. Já estamos na sétima volta, e ao que parece os instrutores não darão ordens para pararmos sem antes nos verem cuspir a alma. Querem o certificado?, disse Sucre. Antes precisam suar, precisam cuspir, vomitar suas almas de porco.

Para demonstrar que não tem arrego, nenhum dos instrutores nos faz cantar a canção estúpida que usavam para tornar mais lúdicos os trotes fora da base. O cheiro das minhas axilas penetra as fossas nasais. A calça do uniforme está apertada. Procuro mentalmente uma melodia para me distrair do cansaço, mas a canção da namorada boliviana abre caminho em meio às cúmbias da Chacaltaya e as rimas da Calle 13:

Yo tengo una novia.
Yo tengo una novia.
De labios rojos.
De labios rojos.
Su pelo es amarillo.
Su pelo es amarillo.
Sus ojos verdes.
Sus ojos verdes.
¿Cómo se llama?
¿Cómo se llama?
¡Se llama Bolivia!
¡Se llama Bolivia!

Quando o suboficial Pari pede para pararmos, só consigo pensar que a canção é mais estúpida do que eu pensava: quantas bolivianas como a mulher da canção existem?

Cuspo catarro e ponho a mão no abdômen, e é como se cuspisse o último resquício de patriotismo que restava no meu corpo: salivo com tanta força que minha cusparada chega até a tricolor bordada na manga de Chuquimia.

Ninguém vê nada, por sorte.

Assim que os instrutores se afastam de nós, tiramos depressa os celulares do bolso lateral da calça. Dino, aparentemente bêbado, me convida para ir à sua casa. Digo que não posso, mas ele insiste. E só quando escrevo pela terceira vez que não posso sair hoje ele confessa que está fodido, deve cinco meses de aluguel e a dona da casa está ameaçando despejá-lo amanhã se não pagar ao menos um terço da dívida.

Estou na merda, repete.

Penso em Dino, na sua boina de guerrilheiro, nos seus livros. No dia em que viajávamos naquele micro-ônibus amarelo, ele me falou dos seus planos para o futuro. Seu sonho, o mais importante, é escrever um livro que cuspa sua raiz acobreada na cara deste país, sua raiz indígena. Tenho o sentimento, disse Dino, tenho todo o sentimento desse povo, mas não tenho as palavras.

Depois se acalmou e disse que antes disso queria terminar o curso e fazer mestrado na Inglaterra.

E daí vou me sentir bem, acrescentou. Daí vou ser gente.

E quando você acha que isso vai acontecer?

Não sei, respondeu. Faltam tipo uns três anos. Quando tiver vinte e oito.

O ônibus passou por um buraco e o solavanco nos fez saltar. Como viajávamos de pé, ele bateu a cabeça no teto.

Dino riu. Então me contou o resumo de um romance que tinha lido fazia pouco tempo. Admirei a paixão com que me falou do livro. Depois me lembrei de tudo que havia dito sobre seu futuro e pensei que, para mim, vinte e oito anos já eram a velhice.

Dino disse que é o ponto-final, sua situação piorou e não poderemos mais trabalhar para ele. Dá uma nota de vinte e um livro de capa dura para cada um de nós. Leiam, seus manés, disse. Ou melhor, não. Não leiam, para não acabarem como eu.

No dia seguinte, digo à minha mãe que preciso de dinheiro para fazer um trabalho e assim consigo juntar a quantia necessária para uma hora em Las Claudinas. Nessa noite não encontro o lugar, de modo que volto no dia seguinte.

Dino desenhou num papelzinho um mapa da região. São duas quadras grandes separadas pelo que deve ser uma avenida. O estabelecimento está marcado com uma imagem oval e peluda, ao que parece uma vagina. O problema é que me perco outra vez, e no lugar onde deveria estar Las Claudinas encontro um edifício onde há uma festa no segundo andar.

Me aproximo da porta. Um guarda conversa com uns rapazotes de terno e gravata.

Dou uma volta na quadra e não vejo nem sinal de Las Claudinas. Às vezes, penso que sonhei com essa noite. Então enfio as mãos nos bolsos, seguro o papelzinho com o mapa de Dino e digo a mim mesmo que tudo foi real, que meu desejo é real.

Paro diante da porta da festa e um dos guardas me observa. Estou com frio. Visto apenas uma jaqueta de poliéster e o zíper não funciona. Uma garota de vestido vermelho chega ao edifício. Mostra o convite para o guarda. Ele inspeciona a lista e faz um gesto dizendo que está tudo em ordem.

Olho o celular para me distrair e, quando ergo os olhos, o outro guarda está na minha frente.

Está procurando alguém?, pergunta.

Meu irmão, Amílcar. Vim buscar ele.

O guarda é um homem de uns trinta anos, um pouco calvo e de traços delicados. Precisa buscar ele?, pergunta. Agora estão dançando. Se quiser, digo pro DJ chamar no microfone. Amílcar do quê?

Amílcar Ticona.

O guarda volta depois de uns poucos minutos. Nada, diz. Fecha esse casaco. Tá muito frio.

O zíper tá estragado.

Os moleques de hoje, pô, diz o homem. A acústica da casa deve ser muito ruim, pois o som rebate nos vidros, produzindo uma vibração que me faz pensar numa quadra de raquetebol. Os moleques de hoje, repete o guarda. Arqueio a sobrancelha ao reconhecer a música que vem dos alto-falantes, e o homem parece achar que estou doido para dançar essa cúmbia que diz: *se nota que no me querés, se nota que sha no hay amor, y sha no queda más que hacer, y sho me dedico al alcohol*; ele me olha como minha mãe me olhou quando se compadeceu de mim e comprou uma bola parecida com a de Abel Huanca, o primeiro do bairro a ter uma Golty de salão.

Então me pega pelo braço, me leva até a porta e diz: entra, aqui fora você vai congelar.

Todos estão vestidos de forma elegante. Se quiser passar despercebido, preciso ficar perto do homem de jeans rasgado que deve ser o tio hippie da debutante.

E assim meus tênis descascados se misturam com os sapatos e saltos altos daquela festa onde se sente cheiro de maconha, assim minha jaqueta falsificada do Arsenal se esfrega no projeto de seios de uma menina que me tirou para dançar e se emociona com as rimas de Daddy Yankee. Meu pai liga diversas vezes para meu celular; não atendo. O mestre de cerimônias monta uma roda: meus dedos se entrelaçam com os do meu par. À minha direita, a aniversariante salta eufórica e evita tocar nas minhas mãos, talvez temendo que o garoto de pele indígena que está sem gravata deslize os dedos pelo seu pulso e aproveite a ocasião para tocar no seu peito. Depois que a roda se desfaz, o par da aniversariante desaparece e não resta a ela outra escolha senão dançar comigo.

Deixamos a pista durante uma balada de Luis Miguel. Solto a mão da minha parceira e aperto forte o punho, como se tentasse armazenar na minha extremidade a suavidade da garota, sua brancura. A caminho do banheiro, vejo um celular abandonado numa mesa.

Pego o telefone sem pensar. Me tranco no banheiro. Mordo o lábio de nervoso enquanto escuto a voz do DJ convocando damas e cavalheiros.

Saio vários minutos mais tarde, quando todos observam a valsa da aniversariante com o pai.

Não é o pai de verdade, sabia? É o padrasto, diz um dos convidados.

Finjo que estou atendendo uma ligação e caminho até a porta com o celular grudado no ouvido. Saio dali, caminho até a esquina e corro a toda a velocidade. Paro quando já me afastei o suficiente do local. Guardo o celular roubado dentro da cueca, temendo que alguém me assalte e roube o precioso saque. Dois homens conversam perto de mim.

Falam de Las Claudinas. Tô a fim de uma buceta, diz um deles. Mas então vamos lá nas meninas, diz o outro.

Um dos homens, o de jaqueta de couro, pega a carteira, abre, conta o dinheiro. Tenho contadinho, diz. O segundo homem diz que empresta para a passagem de volta, e percorrem o caminho enquanto escutam a *chicha* que sai do celular de um deles.

Sigo os dois com cautela. Guiado pela música.

IV

A porta é de ferro.

Observo o número descascado enquanto penso nas palavras que usarei para perguntar se há alguma garota disponível. Existe alguma senha, um cumprimento secreto, uma forma dissimulada de dizer que quero sexo sem usar as palavras com pê: *prostitutas*, *pagar*, *preço*?

Uma menina de uns doze anos abre a porta para mim. Estou prestes a dar meia-volta e sair correndo quando ela diz:

Mulher, né?

Faço que sim com a cabeça.

Subimos uma escada sem corrimão. A luz é escassa, de modo que a menina precisa iluminar o chão com a lanterna do celular.

Paramos no que deve ser o quarto andar. Aqui há luz, e conseguimos ver o rosto um do outro.

Quantos anos você tem?, pergunta.

Dezenove, minto.

Está com seu documento?

Não.

Sem documento é dez pesos a mais.

Entramos num quarto iluminado com spots de tonalidades vermelhas. Uma senhora de cabelo curto se aproxima. Um cheiro forte invade minhas fossas nasais, e não sei se é o perfume da mulher ou o aromatizante que borrifou pelo quarto.

Veja, diz, todas as garotas têm certificados médicos.

Se quiser, podemos mostrar, acrescenta a menina.

Como não respondo, a mulher me explica como funciona o esquema: há seis garotas disponíveis (uma delas é *cholita*, enfatiza) e a consumação mínima é de quinze minutos. A hora sai por sessenta se for uma garota *de vestido*, e quarenta, se for a *cholita*.

Se só quiser ver, diz a mulher, a apresentação é cinco pesinhos. Claro, se gostar de alguma delas, dê um pouco mais como agradecimento.

Tá.

Cholita ou de vestido?

De vestido, respondo, o que é irônico, pois as quatro garotas que aparecerão dentro de alguns segundos estarão cobertas apenas pelo sutiã e calcinha minúsculos.

Desfile!, diz a senhora, e as meninas surgem vindas de um quarto coberto só por uma cortina.

As garotas desfilam à minha frente sorrindo e acenando com a mão. O nervosismo me impede de guardar os nomes: quando a mulher me pergunta qual vou escolher, só consigo dizer aquela, e aponto com o dedo. A japinha?, pergunta. Se chama Esbenka.

Abro a carteira com a mão tremendo.

Calma, diz a mulher. Nossas garotas sabem tratar com carinho.

Esbenka pergunta se está tudo pronto. Tem proteção, amorzinho? Respondo que não. A garota tira depressa um preservativo do bolso da jaqueta. Precisa acrescentar cinco pesos.

Esbenka pega minha mão. O contato com sua pele me faz estremecer de tal forma que, em vez de relaxar, fico ainda mais nervoso.

Me leva até o quarto.

Primeira vez aqui, amorzinho?, pergunta.

Já vim uma vez.

Minto.

O quarto é pequeno. A cama não é uma cama; na verdade, são apenas dois colchões apoiados um sobre o outro. Nas paredes há fotos de mulheres com peitos gigantescos.

Como no relato de Salas, a garota passa gel antisséptico pelo corpo inteiro.

Me segura pelos ombros. Tomo-a pela cintura. Quando tento beijá-la, diz: nada de beijos, nada de mordidas, você tem direito a duas posições.

Se acomoda na cama. Olha para o teto. As lâmpadas projetam uma luz semelhante à de várias velas acesas. Sinto-me como no altar de uma igreja, diante do retrato de uma santa.

O virginal, nesse caso, não está numa mulher.

Esbenka é alta. Tem cabelos pretos, rosto ovalado e olhos puxados. A pele é perfeita, mas quando olho melhor, constato alguns hematomas leves na região do ombro.

Sua voz é suave, de uma doçura um pouco exagerada. Sempre que se dirige a mim me chama de *amorzinho*. Isso me excita, embora pensar que certamente falou assim com um daqueles homens que segui para chegar até aqui baixe minha ereção e encha meu coração de ciúmes.

Tiro a roupa. Por precaução, escondo os celulares e a carteira na parte interna do calçado.

Vem pra cama, amorzinho.

Obedeço.

Esbenka repara que estou de pau mole. Com uma voz ainda mais tranquila, pergunta:

Tá nervoso, amor?

Um pouco.

Relaxa. Conta pra mim. O que você estuda?

Digo que estudo sociologia e ela pergunta para que serve esse curso. Queria responder como Dino: serve pra você não fazer perguntas tão bestas. Mas sei que não é apropriado e balbucio qualquer besteira. O frio me faz tremer. Esbenka percebe e nos cobre com um lençol.

O que você estuda?, pergunto.

Linguística e idiomas, mas não gosto. Quero economizar e estudar hotelaria.

Então me fala sobre música. Da sua boca saem nomes de bandas de rock alternativo que cantam em inglês e, por um momento, sinto que a mulher deitada ao meu lado é Vida.

Esbenka puxa o lençol e o afasta do nosso corpo. Me dá as costas, me mostra sua bunda.

Pergunta se gosto do que estou vendo.

Adoro.

Volta o rosto para mim: seus olhos puxados são os mais profundos que vi em toda a minha vida. Mais profundos que o barranco de La Paz em que meu pai conta que caiu uma vez que bebeu muito; mais profundos que os olhos de Vida; mais que os copos compridos que Dino tem em casa e só usa quando tem convidadas especiais; mais que os rios do povoado do meu avô, onde os garotos, apesar do frio, chutavam a água com os pés descalços.

Esbenka vê meu membro ereto. Como se detectando minha inexperiência nesse assunto, tira a embalagem da camisinha e ajeita o látex no meu pênis.

Amorzinho, diz, deita em cima de mim.

Esbenka olha para o teto.

Abre as pernas.

Sempre me perguntarei por que não escolhi a *cholita*.

Passeio pelos arredores do meu colégio. Ex-colégio, para sermos mais precisos. Daqui a pouco tocará o sinal e os estudantes brotarão feito morcegos se lançando à noite. Já sinto suas risadas, seu galope. Seus escuta, mané, jogar um Dota?, vou comer teu cu.

O sol está agradável: inclino o rosto para o céu para sentir mais calor.

Compro uma gelatina em saquinho. Paro diante da porta do colégio, sento no gradil. Mordo a ponta do plástico e sugo o conteúdo de modo que a gelatina roce meus lábios.

É algo que costumo fazer para que meus lábios fiquem mais vermelhos, mais atraentes. Quero que minhas ex-colegas vejam a mudança.

Minha vida inteira esperei o sinal para ser o primeiro a fugir para casa. Agora espero parado na porta, sem medo de nada: como se o azul dos blusões dos estudantes fosse o mar, um mar no qual mergulharei assim que o sinal tocar, como se meus braços fossem os do melhor nadador.

As coisas na base aérea não poderiam estar piores: um camarada que estuda na minha turma espalhou o boato de que não vou ao colégio há dois meses. A fofoca chegou aos ouvidos de Sucre: justo no sábado em que esqueci de raspar os pelinhos que crescem na extremidade do meu rosto.

Porco vagabundo, agora sim você tá fodido.

Ordenou que eu fizesse cinquenta flexões e depois me mandou recolher todo o lixo acumulado no gramado próximo à cerca. Cumpri minha tarefa com desleixo, porque sabia que Sucre jamais iria até lá para ver se eu tinha limpado bem. Surpreendeu-me encontrar mensagens de amor nas grades que separam a base aérea da rua. Alguém havia cortado papel brilhante no formato de losangos e os afixara de modo a cobrir os buracos da grade. Só era possível ver as mensagens a uma distância específica. A que mais me surpreendeu foi uma que dizia:

TE AMO MINHA VICUNHA.

Quando voltei à formação, Sucre notou que estava faltando um botão na minha blusa e disse que eu tinha dez minutos para costurar um novo. Parece esquecer de mim, mas três dias depois encontra uma nova forma de me ferrar: entro na fila para entregar os documentos necessários para o licenciamento quando reparo que ele e Vida riem a poucos metros de mim.

É uma terça-feira. Como não é dia de instrução, todos vestem roupas casuais. É interessante ver como um jeans ou par de tênis colorem o pátio. Também servem para ver quem é mais pobre que quem e, óbvio, para conhecermos o corpo das garotas pré-militares.

Vida veste uma calça jeans preta com buraco no joelho e uma jaqueta grande, de homem. Tem o visual de uma roqueirinha sem dinheiro suficiente para se vestir como gostaria. A franja cobre parte da testa. Quando ri, Sucre toca no seu cotovelo e ela acaricia o cabelo.

Faltam dois sábados para o licenciamento. Segundo os veteranos, Evo comparecerá à cerimônia e por isso tudo deve estar impecável. Já imagino os instrutores obrigando os bichos a lavar a *wiphala*.

Em casa, todos estão empolgados com o licenciamento. Nos almoços de família, meu pai não perde uma oportunidade de lembrar tio Waldo de que a vida militar é para machos, que ele foi o único dos irmãos a frequentar o quartel e, ao que parece, filho de peixe, peixinho é.

Tio Waldo se defende falando em Brasil, Brasil, Brasil.

Papai retruca: deve ter negro pra caramba lá, não?

Entro no escritório onde um veterano recebe os documentos. Pacsi?, pergunta. Irmão do desertor?

Não respondo.

A foto precisa ser quatro por quatro. Essa foto é quatro por três e meio.

Perguntei à mulher das fotos e ela disse que tudo bem, digo.

Você está retrucando?, se altera. Ora, preso!

Calma, calma, intervém um militar que não conheço. Seguinte, vá tirar outra foto e volte amanhã bem cedinho. Quatro por quatro. Não esqueça. Anote na mão.

Saio da base de mau humor. Nisso escuto meu nome. Me viro: é Vida.

Oi!

Oi.

Conto a história da foto. Vida faz uma careta engraçada e diz que é o preço de não saber usar uma régua.

E que régua eu ia usar? Não ando com meu estojo por aí.

Tô brincando, seu besta.

Tá feliz com o licenciamento?

Sim, muito. E você?

Um pouco. O bom é que meu cabelo vai crescer de novo. Acaricia minha nuca. Tateia o comprimento.

Já tá crescendo, diz. Vai ser legal ver o penteado que você usa. Também tá empolgado com a formatura do colégio?

Sua pergunta eriça meus nervos. (Como gostaria de contar tudo a ela, abrir a boca e deixar tudo o que aperta meu coração sair e se espalhar por todo El Alto: seria como levar o lixo para fora, e o vento do final de inverno arrastaria meus sentimentos-lixo, afastando-os de mim para deixá-los à disposição de qualquer sujeitinho com excesso de boa sorte.)

Acompanho Vida até La Ceja. Antes de entrar na van, ela pergunta minha opinião sobre a nova música de tal banda. Acho boa, uma das melhores que já escutei, digo, já sabendo que Vida sorriria e me olharia com aqueles olhos que parecem em eterno eclipse, sem suspeitar que ontem à noite espiei seu perfil no Facebook e vi que tinha publicado o vídeo dessa música.

E ela faz isso.

Amo essa banda. Você tem Face?, me pergunta sorridente. Nunca nos adicionamos. Qual seu nome lá?

Estou prestes a abrir a boca, mas então surge a van que a levará para casa. Estende a mão para o veículo parar. Despede-se com um beijo rápido na minha bochecha.

Do assento junto à janela, Vida me diz com gestos que vai me escrever mais tarde.

Tio Casimiro serve cerveja no copo e meu pai diz que seu filho saltará de paraquedas.

Não estou lá, não o escuto, mas é fácil imaginá-lo: há alguns meses, antes de começarem as férias de inverno, contei ao meu pai que Sucre tinha prometido aos melhores nos exames um salto de paraquedas de um helicóptero. Meu pai se empolgou tanto que naquela mesma noite eu o flagrei vendo no YouTube vídeos de soldados da Segunda Guerra Mundial saltando de helicópteros de artilharia.

Caramba, rapaz, disse quase às lágrimas, logo é sua vez, filho. Agora sim, uma guerrinha contra os chilenos não cairia mal.

O que ele não sabe é que jamais saltarei, pois não passei na prova de ouro. No último sábado, um subtenente selecionou dois pré-militares de cada esquadra e os reuniu na área de instrução dos conscritos. Era um lugar novo para nós: a vida dos soldados é uma vida de subordinação total, algo que eu gostaria de experimentar (pois nos disseram que esse é um pré-requisito primordial para sermos patriotas de verdade, homens), mas também algo que me repugna: dizem que entramos no quartel meninos e saímos homens; eu acho que entramos humanos e saímos transformados em animais de carga.

O fato é que o ar ali era diferente, como se a respiração ofegante dos soldados explorados tivesse tornado o ambiente rarefeito e nosso nariz não fosse capaz de se adaptar ao novo oxigênio.

Vamos, seus porcos, disse o sargento Bohórquez, agora sim vocês vão botar as tripas pra fora. Aqui não existem direitos humanos.

A série de exercícios foi brutal. Basta dizer que um colega da companhia Bravo ficou tão cansado que, enquanto fazíamos flexões, ele caiu no chão e disse que não conseguia mais: quero a baixa, quero a baixa.

Bohórquez deu ordens para caminharmos até a zona mais afastada da base aérea. Duas construções velhas de três andares cada estavam diante de nós. O vento soprava igual àquela manhã em que Tayson pediu a baixa. Bohórquez estava com um bigodinho que lhe conferia mais estilo e, portanto, mais autoridade. Estava de bom humor: dizia-se que estava namorando uma pré-militar e isso tinha resolvido seus problemas de raiva.

Nada mais longe da realidade:

Agora sim, disse Bohórquez, aqui vamos ver quem é pica.

Deu ordens para formarmos uma fila de acordo com o tamanho. Eu era o primeiro.

Pacsi!, gritou Sucre. Dois passos à frente.

Obedeci.

Vá até o teto desse edifício, disse. Entre pela porta traseira, suba as escadas até chegar ao terraço. Uma vez lá, preste continência conforme ensinamos no treinamento. Então grite "Viva Bolívia" e salte. Se conseguir fazer isso, conseguirá saltar de qualquer helicóptero do mundo.

Como eu não disse nada, Bohórquez interveio:

Entendido, Pacsi?

Entendido, meu sargento!

Enquanto subia as escadas, pensei comigo mesmo que lá embaixo devia haver um colchão ou coisa parecida. Porém, quando cheguei ao terraço, olhei para baixo e vi que me esperava apenas a terra salpicada de pequenos tufos de grama.

Salte!, gritou Bohórquez.

Como eu não me movia, Bohórquez e Sucre gritaram juntos. Meus colegas se uniram à gritaria no mesmo instante. Durante uma fração de segundo, passou pela minha cabeça a possibilidade de saltar. Pensei na formatura da qual não participaria: se meu pai me visse saltar de paraquedas, isso provavelmente atenuaria a vergonha de ter um filho sem diploma de ensino médio.

Já o imaginava enchendo a cara com os amigos. Seu filho repetiu de ano, é uma anta, diria alguém, e papai, com a ponta do cigarro nos lábios, diria que seu filho não era formado, mas era macho porque tinha ousado saltar de helicóptero, e teu moleque, fez o quê?

Suei frio. Uma gota de suor desceu do interior do quepe e resvalou por todo o meu rosto.

Chegou ao meu queixo.

Caiu até o pé do edifício.

Depois de alguns minutos de silêncio sepulcral, Sucre mandou eu descer. O vento de El Alto soprava com força. Desci devagar. Na metade do caminho, cruzei com um colega que fazia o sinal da cruz enquanto subia a toda velocidade. Guarda meu celular, disse enquanto tirava o telefone do bolso da blusa. Se acontecer alguma coisa comigo, liga pro contato "Marianinha meu amor".

Os parentes que moram no exterior já chegaram a El Alto para comemorar o aniversário da minha avó. Prolongaram a visita até o dia do licenciamento. Minha avó está emocionada: não só reuniu todos os filhos depois de muito tempo, como também ganhará um fogão novo de presente. Supostamente era para ser surpresa, mas Lucas, meu sobrinho, encontrou o presente no quarto da minha irmã e contou para minha avó.

A mesa é composta de quinze pessoas, todas adultas e de expressões tímidas ou zombeteiras. Nada de meio-termo: de um lado da mesa estão os familiares que foram ganhar a vida lá onde as peles são diferentes; do outro, aqueles cujos pés jamais passaram de Arani, cidade natal da avó.

Me ajeito numa cadeira e imediatamente minha mãe ordena que eu me levante. Tia Corina diz pode sentar, meu filho, pra mim você já é adulto. De repente, tem início uma discussão para decidir se Tayson e eu devemos ficar com os adultos na mesa grande ou nos sentarmos ao redor da pequena, aquela destinada às crianças, ao tio-avô retardado e às mães solteiras.

Esses garotos já estão tão grandes, diz tia Zulma, daqui a pouco vão estar formando família.

Sentem-se, filhos, sentem-se, diz minha avó se levantando da cadeira. Sente na minha cadeira.

Desaparece na cozinha e volta trazendo um banquinho. Acomoda-o perto da mesa grande e senta-se nele. Tio Waldo lhe passa seu prato de comida. Ninguém pede para ela voltar à mesa.

Os irmãos Pacsi são sete no total: cinco homens, duas mulheres. Quatro deles moram ou moraram no exterior: tio Waldo, tio Casimiro, tio Buenaventura e tio Yojan. Se você pensava que a história da família de Tayson era a única interessante, estava muito enganado.

A HISTÓRIA DO TIO CASIMIRO

Tio Casimiro mora no norte do Chile. Segundo conta, não se separa do revólver nem por um segundo. Enquanto diz isso, dá palmadinhas na cintura indicando estar com ele. Seu rosto é o de alguém que foi muito pobre um dia e jamais conseguiu livrar suas expressões faciais desse ar de pobreza. Hoje está vestindo uma camisa polo branquíssima e uma jaqueta Adidas; suas bochechas protuberantes, assim como a barriga que esconde sua outra barriga, dão mostras de uma prosperidade insultante. Mas algo nos seus modos revela a escassez primeva: a velocidade com que come a batata do seu *thimpu*, talvez. Foi a Iquique trabalhar de pedreiro quando tinha vinte e um anos. Lá conheceu uma mulher, uma peruana que o apresentou ao mundo das importações, e isso mudou sua vida. Desde que eu era criança, seu nome sempre foi associado aos eletrodomésticos da cozinha, sobretudo à máquina de lavar roupa — a primeira da família — que chegou como presente para a minha avó no Natal de 2011. *Contrabandista*, essa é a palavra que meu pai utilizou para definir sua ocupação na tarde em que lhe pedi que explicasse por que o tio tinha mais dinheiro que nós. Seu tio Casimiro é contrabandista, disse, traz coisas ao país escondido, não paga impostos. Não é ladrão, mas é bem parecido. Para mim, tio Casimiro foi durante muito tempo o tio dos eletrodomésticos (de fato, houve uma época em que pensei que *Tio Casimiro* fosse o nome de uma marca de geladeiras), até ontem, quando contou para mim e meus primos que uma vez tinha trocado tiros com policiais de dentro de um caminhão em movimento. Esses meliantes querem se aproveitar do nosso trabalho, disse, mas não vão mais conseguir: conhecemos uma família numa cidade da fronteira, eles vão guardar nossas tevês. Imposto é roubo, diz enquanto a batata se desfaz na sua boca.

Fico morrendo de vontade de perguntar se ele importa alguns Playstations.

A HISTÓRIA DO TIO BUENAVENTURA

Emigrou para Buenos Aires com apenas dezessete anos. Fugiu com uma namorada mais velha, mãe de uma menina de dois anos. Como tantos bolivianos, os dois trabalharam numa oficina de costura em troca de migalhas. Sem dúvida, é o tio mais querido por todos os primos, porque voltava à Bolívia a cada dezembro carregado de presentes e era especialista em contar piadas para adultos. Sua picardia argentina fazia dele um bom interlocutor nas chamadas telefônicas para minha avó, e lembro até hoje que sempre que estava bêbado durante a ligação ele aproximava o bocal do que devia ser um aparelho de som e nos fazia escutar a mesma canção, sobre um migrante que só sonhava em voltar. (Agora sei que a canção era "Añoranzas", de David Castro.) Em Buenos Aires teve dois filhos; mudou-se para Ushuaia em 2010, ano em que se separou da mulher. Diz ser do River e que o filho mais velho quis se atirar nos trilhos do trem quando o time foi rebaixado.

Sempre que fala de futebol, tio Waldo o interrompe para dizer que o Brasil ganhou cinco copas e que a Argentina ganhou uma das suas graças a um drogado. Tio Casimiro recorda-o do gol de Caniggia na Itália em 1990.

Érica, minha irmã, o detesta. Diz que quando éramos pequenos ele nos tocava onde não devia tocar. Sempre que meu tio vem visitar, Érica cuida para que o filho não saia do quarto.

A HISTÓRIA DO TIO YOJAN

Por fim, temos o tio Yojan. É o mais jovem dos irmãos e só emigrou em 2010, quando já tinha vinte e cinco anos. Deixou-se seduzir por um desses anúncios de jornal que oferecem bons empregos no Brasil. Sua história parece saída de uma reportagem sobre migrantes explorados que aparecem de tempos em tempos na televisão brasileira: durante seus primeiros seis meses em São Paulo, só viu a luz do dia cinco vezes. O homem que o levara até lá — um camba parecido com Roberto Carlos, segundo seu relato — disse que a polícia o prenderia se descobrisse que ele estava trabalhando sem a documentação necessária. Ninguém na família se compadeceu ao saber de sua situação: minha avó, porque tio Yojan havia partido sem avisar ninguém; tio Waldo, por ele ter sido tão bocó de não falar com ele; meu pai, por inveja. Voltou à Bolívia dois anos mais tarde. Então conheceu uma mulher. Ela o convenceu a migrar para a Inglaterra; logo arranjaram o contato de um argentino especialista em trâmites de migração. Enquanto os papéis tramitavam, tio Yojan e a namorada tiveram uma filha: Zulma. Tudo levava a crer que a viagem para a Inglaterra precisaria ser adiada em razão do novo membro da família, mas a namorada do tio Yojan disse que não estava disposta a mudar os planos. Em troca de alguns milhares de dólares, o intermediário conseguiu um emprego de garçonete em Leeds para ela. Além disso, providenciou um visto de estudante e um voo com cinco escalas a um bom preço. A ideia era que tio Yojan se juntasse à namorada dentro de alguns meses, assim que ela se instalasse por lá e ele já tivesse juntado dinheiro para o intermediário organizar a viagem. Enquanto isso, a bebê ficaria na nossa casa, aos cuidados da minha avó. Tio Yojan partiu para a Inglaterra numa manhã fria de agosto. Voltou de lá na mesma tarde: foi o que disse à minha avó, que até hoje pensa que ninguém enganou tio Yojan, que ninguém o fez acreditar que tinha um voo reservado na companhia BoA e que a distância entre Leeds e El Alto é a mesma existente entre Oruro e La Paz. Hoje tio Yojan ajuda tio Casimiro com suas importações. Mora entre Iquique e a Bolívia, e nem ele nem a filha voltaram a ver aquela mulher.

Perto deles, meu pai é um homem sem histórias. Quando tio Waldo franze o cenho, as linhas na sua testa parecem traçar um mapa; cada ruga é um caminho, e essa imagem me faz pensar que meu rosto é como um mapa-múndi sem linhas, sem divisão territorial: devo invadir ou alguém me invadirá, só assim terei minhas próprias histórias.

Para não se sentir tão excluído da conversa, meu pai fala dos seus dias no regimento de artilharia antiaérea Bilbao Rioja, em Viacha. Mas até nesse assunto os irmãos o diminuem.

Acha que isso é difícil?, pergunta tio Casimiro. Com quantos policiais da aduana já não troquei tiros no meu caminhão! Sabe usar uma arma? Em quem você já atirou? Por acaso foi pra guerra?

Como se tivesse asas. Como se não pesasse. Quando Tayson dança, os quilos do seu corpo parecem abandoná-lo. De uma bola de gordura, transforma-se num balão de hélio, e por um instante tenho a impressão de que tanta ginga o fará levantar voo.

Me leva junto, penso, me deixa segurar num dos seus sapatos e me transporta pra sua amada Coreia.

Duas garotas dançam com ele. Uma é Araceli, sua namorada; a outra é uma menina de uns quinze anos de camisa vermelha xadrez e jeans preto. Se Tayson é um balão de hélio, as garotas são plumas. Alguns homens de boné se aproximam para observar a coreografia.

A música é pegajosa. No refrão, a cantora diz algo como *"You love me"*, e a garota de camisa xadrez salta com sutileza. Araceli, ao contrário dos companheiros, tem passos desajeitados. Os homens de boné comentam isso e um deles diz: mas é gostosa do mesmo jeito.

Gaivotas rondando sobre nossa cabeça. O vento arrastando o pó. Vê só esse gordo, diz um dos homens, feioso, né? O outro diz sim, que gordo feio, quando pisa no chão deve provocar um terremoto.

Um grupo de cães disputa restos num depósito de lixo a não mais de quinze metros dali. O vento sopra tão forte que, do outro lado da avenida, a terra se ergue de modo tal que parece um torvelinho avançando para o sul.

O boné de um dos homens sai voando. Um pacote vazio de biscoito vai parar nos pés de Araceli.

É isso. O que Tayson ama é isto: a música, os passos, os tênis pousando sobre a terra como uma folha cai numa poça. Tayson diz não dar a mínima nem para o colégio, nem para arranjar trabalho, nem para sua antiga ilusão de morar no Rio de Janeiro. O que ele quer é dançar.

É isso que eu quero, me disse uma tarde em que me chamou para seu quarto para assistir a vídeos pornôs no computador.

Depois contou que Araceli estava dormindo com um primo dela. Um cara mais velho, de quase trinta anos. Disse isso sem o menor resquício de ciúmes ou vergonha: pelo contrário, depois de me contar os detalhes dessa estranha relação, disse que a amava e algum dia se casaria com ela.

É uma merda, mas a vida é assim.

Também me falou de um concurso na Argentina. Em março do ano que vem, haverá uma competição em Buenos Aires que reunirá os melhores grupos de dança K-pop da América Latina. Dentre eles estará o representante da Bolívia. O vencedor viajará para Seul, onde grupos do mundo inteiro disputarão o título. Graças aos contatos de Araceli, Tayson conseguiu inscrever seu trio no concurso regional, cujo prêmio é disputar com os melhores de La Paz e El Alto. Se ficarem entre os três primeiros lugares, participarão da competição nacional, que, por sua vez, garante a vaga para irem à Argentina com os melhores do continente.

Mas não basta saber dançar, disse meu primo. Também precisamos nos parecer com os cantores.

Só agora reparo: Tayson está menos moreno que de costume. Me pergunto se terá comprado sua própria maquiagem, se pediu emprestado para a namorada ou se pegou da penteadeira da tia Corina.

A música acaba quando o vendaval faz voar o boné do segundo homem e desarruma totalmente a franja de Tayson.

Escrevo para Dino, mas ele nunca responde. Futrico no seu Facebook; só encontro livros em PDF compartilhados e memes contra Evo Morales.

O licenciamento foi adiado. Sucre nos disse que houve mudanças no alto-comando em razão da proximidade das eleições, e que a ordem que define a nova hierarquia deve demorar. Passamos as manhãs de sábado trotando e recolhendo lixo no pasto. Os instrutores também estão cansados de nós, de modo que nos liberam por volta da uma da tarde e fazem vista grossa quando descobrem que alguém está com a costeleta mais comprida que o permitido.

Os parentes que vieram de outros países perguntam quando vou me licenciar. Digo que não sei, que é tudo culpa de Evo.

Certo domingo, Roger, um colega de curso que minha família conhece desde a infância, passa na frente da minha casa com um traje de *pujllay*. Por que você não dançou?, pergunta minha irmã, que olha para Roger do terraço. Paro de pendurar as roupas no varal para observar meu ex-colega. A sola dos seus tamancos retumba na rua vazia.

Só dançou quem queria recuperar nota, explico.

Nessa noite, escrevo a Dino e ele me responde com o emoji de um diabinho. Entro no Facebook e a primeira coisa que vejo no meu *feed* é um vídeo em que aparece meu amigo.

Uma bandeira tricolor arde em chamas num quarto com paredes de barro. A fumaça não deixa ver bem o rosto do homem que segura a bandeira por uma ponta, nem o do outro que aplaude e grita feito um demente, mas logo reconheço a boina de Dino. Há uma *wiphala* pendurada na parede.

Ponho os fones de ouvido para escutar melhor.

Isso, queima, maldita, diz o amigo de Dino.

Muita gente indignada nos comentários. Alguém diz que sabe onde eles moram e vai surrá-los a pauladas.

Não me incomodo com o que fazem, embora saiba que Dino me considera o maior patriota do país só porque frequento a Força Aérea e sei de cor todas as estrofes do hino nacional.

Consigo falar com Dino três dias depois. Não que tenha ido atrás dele, vim a Ciudad Satélite para encontrar Vida, mas ela cancelou o encontro dez minutos antes do horário combinado.

Estou no tobogã, escrevo.

Dino me pede para esperá-lo ali.

Passou-se quase um mês desde a última vez que o vi. A mudança é perceptível. Está mais magro, mais encurvado. Sua roupa é a mesma, mas parece nova porque a jaqueta de couro que sempre usa dança um pouco no seu corpo e a cabeça parece ter reduzido de tamanho.

Me abraça. Tira a boina.

Olha só.

Está de cabelo raspado e, antes que eu possa perguntar, diz que precisou vender o cabelo a um fabricante de perucas para jantar certa noite. Não me arrependo, acrescenta, comi uma *salchipapa* e comprei uma latinha de breja.

Agora mora na casa de um colega da universidade, em Rosaspampa. Amanhã começará a trabalhar como cobrador num banheiro municipal. Quem lhe arranjou o emprego foi um amigo que trabalha na prefeitura.

E você, meu amigo Pacsi, o que me conta?

Devia ter me licenciado sábado passado, mas não rolou. Não veio a ordem do alto-comando e vamos ter que esperar.

Que merda. E tua mina?

Que mina?

A Vida, aquela de quem você gostava.

Não digo que ela acaba de me dar um bolo. Em vez disso, conto da minha experiência em Las Claudinas. Dino concorda com a cabeça cada vez que escuta um detalhe interessante. Termino meu relato e ele, com um sorriso cúmplice, diz:

Também fui pra cama com a Esbenka. É muito gostosa.

Acompanho Dino até sua casa e, quando chegamos à porta, ele me convida para entrar. Sentado num sofá, seu colega de quarto nos recebe.

Cumprimentamo-nos.

A sala é grande e está bagunçada. Livros esparramados pelo chão. Cheiro de meia suja. Nada de televisão. Pensei que beberíamos, ou ao menos fumaríamos meio baseado, mas, em vez disso, Dino aparece com uma jarrinha de refresco e três copos.

Eu mataria por um pouco de verdinha, você tem?, pergunta.

Respondo que ele era meu fornecedor.

Sem drogas nem álcool, Dino pode ser tão entediante quanto eu. O único disposto a romper o silêncio é seu amigo, Felixberto, que, sem deixar de olhar o celular, pergunta o que vou estudar quando sair do colégio.

Alguma engenharia, falo por falar.

Então começamos a conversar sobre a base aérea e o rosto de Felixberto resplandece ao relembrar sua experiência no quartel. Sai da sala por alguns instantes. Quando volta, aparece com um fuzil.

Diz que roubou a arma durante uma revista. A façanha lhe custou um amigo: um colega o viu guardar o fuzil na valise de madeira e Felixberto não teve outra escolha senão pressioná-lo durante um mês inteiro para não falar nada. Na minha comunidade era uma vergonha voltar sem um fuzil, conta. Era sinal de honra. No dia do licenciamento, se você mostrava a arma, diversas garotas se aproximavam.

Pego o fuzil com uma mescla de repulsa e entusiasmo. Minha mão treme: Felixberto repara e diz que pareço um coroinha. Vai se licenciar assim? Se eu fosse você, pedia baixa de uma vez.

Dino não gosta nada da nossa conversa. Até esse momento eu não havia percebido que meu amigo e Felixberto só trocaram palavras na hora de me apresentar. Pergunto-me o que seu colega de quarto pensou quando viu o vídeo da queima da bandeira.

Depois que Felixberto entra na cozinha para preparar alguma coisa, Dino começa a falar mal dele.

É um fascista, sussurra.

Depois, fala das eleições que ocorrerão dentro de alguns dias. Todos me deixam puto. Você já vota?

Faço que não com a cabeça.

Dino está com vontade de falar de política, dá para notar. Ou, melhor dizendo, está com vontade de fazer um monólogo como aqueles que costumava fazer quando recebia convidados na sua casa e todos o escutavam com atenção, inclusive Tayson e eu. Diz que escreveu o primeiro capítulo do seu livro. Será um romance, conta, e penso nele todas as horas do dia. É como se minha existência girasse em torno do livro, acrescenta. Respiro para o romance, *pelo* romance. É como se estivesse agonizando e o livro fosse o tubinho pelo qual os doentes respiram nos filmes. Sofro com o ar rarefeito, e escrever é meu tanque de oxigênio. Espero que saia algo de bom.

Felixberto volta com um prato grande de *silpancho* com salada. Vamos dividir, diz.

Dino tira a boina de guerrilheiro para comer. Seu corte de cabelo me faz pensar num garoto com câncer.

Domingo de eleições. Minha irmã, meu sobrinho e eu vamos de bicicleta até o local de votação dela. É a primeira vez em muito tempo que faço um programa em família. É agradável.

Vai votar em quem?, pergunto.

Sei lá. Acho que vou fazer um desenhinho.

Em janeiro do ano que vem farei dezoito anos. Isso quer dizer que estarei apto a votar. Quem escolheria? Não sei. O único presidente que conheço é Evo Morales. Tenho dezessete anos e Evo governa desde que eu tinha oito. Antes dele, tudo é nebuloso. Sei que houve um tal de Goni, um ditador anão e um presidente que sofreu uma queimadura no rosto. Nada além disso. A história, inclusive a história recente, chega a nós como um sopro. Não muda nada, não altera nossas convicções, nem sequer consegue nos convencer de que a democracia é o melhor sistema. A história não é uma lição para nós, porque não a conhecemos, e nossa ignorância é tal que meus camaradas e eu pensamos que o ditador baixote foi bom porque pôs o país em ordem e construiu a estrada que leva a El Alto.

Enquanto almoçamos, tio Buenaventura sugere que eu vá a Ushuaia trabalhar na oficina que ele administra. Meu pai escuta a conversa e o interrompe. Ele tem que estudar, murmura.

O primeiro dos familiares a voltar para sua cidade é tio Casimiro. Diz que gostaria de ter visto meu licenciamento, mas os negócios falam mais alto. Minha avó chora como sempre que um dos filhos vai embora. Como presente, tio Casimiro deixa uma nota de cinquenta bolivianos na minha mesa de cabeceira. Gasto metade do dinheiro num corujão jogando Dota em Villa Adela.

Como não havia camas suficientes para todos os visitantes, precisei ceder a minha aos primos da tia Corina e dormir com Tayson. Se antes nossa relação já andava esquisita, dividir a cama só serviu para transpor nosso incômodo do âmbito emocional para o físico: detesto os roncos dele e ele odeia o cheiro dos meus pés. Novamente, parecemos um casal de velhos. Uma noite, bebo com uns colegas da companhia Bravo e chego em casa às seis da manhã. Tayson me espera acordado no escuro, a luz do celular iluminando seu rosto bochechudo. Onde você estava?, pergunta. Com meus amigos, respondo. Depois me censura por não tê-lo convidado e digo que pensei que ele odiava os colegas da pré. Tayson desliga o celular, vira de lado e cobre o rosto com o lençol. Desculpa, murmuro, na próxima eu te chamo.

Não quero mais, diz Tayson, e ouço alguém chorando baixinho. Encosto no seu ombro e peço perdão. Na manhã seguinte, posto um escudo do Corinthians no Facebook como pedido de desculpas.

O resto dos parentes parte poucos dias depois. Algo me diz que um dos tios pode querer me dar dinheiro de presente, então digo à minha mãe que quero acompanhá-los até a rodoviária. E o colégio?, ela pergunta. Hoje é só um ensaio da cerimônia de formatura, minto. Minha mãe diz que, se eu for à rodoviária, devo aproveitar para comprar fruta na feira.

Meia hora antes de partirmos na van do tio Waldo, fico sabendo que tia Zulma, irmã da tia Corina e cunhada do tio Waldo, voltará para casa de avião.

Já viajou de avião alguma vez?, me pergunta tio Waldo.

Nunca.

Se quiser, te levo ao aeroporto; pra conhecer.

Tio Yojan se ofende ao ficar sabendo que nenhum dos sobrinhos o acompanhará até a rodoviária, mas não dou bola. Além disso, vi minha avó dando de presente para ele uma nota de duzentos depois do jantar de ontem, o que me leva a pensar que é um pobretão e não me dará nenhum presente.

O aeroporto é o lugar mais limpo que vi na vida. Sempre que imaginei o lugar foi pensando que todas as pessoas que viajavam pelos ares eram brancas de olhos claros. Como estava enganado! Na fila do check-in, a maioria das pessoas é tão morena quanto eu. Uma *chola* com um bebê enrolado num *aguayo* é a primeira depois da minha tia. Um sujeito parecido com Dino entra na fila e faz caretas para o bebê rir.

Tia Zulma se despede de todos com um abraço morno. Só quando chega a hora de se despedir de Tayson é que ela se emociona e derrama uma lágrima. Meu primo a abraça como se quisesse triturar seu esqueleto.

Chegamos em casa por volta do meio-dia. Enquanto ajudamos minha avó a pôr a mesa, tio Waldo me pergunta se penso em morar fora da Bolívia algum dia. Digo que não. Meu pai nos olha com o cenho franzido que parece ser parte constitutiva do seu rosto. Diz: se você for, será como uma deserção. Devemos ficar aqui pela nossa pátria. Devemos lutar por ela. Estamos em guerra, guerra contra a pobreza, contra a corrupção, ninguém pode ir embora. Os desertores são o que existe de mais baixo.

Tayson e tio Waldo comentam algo em português.

Wawanaka jan nuwasipxamti, diz minha avó.

Janiw nuwasipkti, jan ukham parlamti, diz meu pai.

Todos praguejam. Em outra língua. Com outro coração.

Araceli está grávida e Tayson não se assusta com a notícia. Sua única preocupação é que possa não ser o pai. Araceli se angustia por ficar muito tempo sem poder dançar. Reclama com Tayson sempre que pode.

São dez da manhã e é a primeira vez em vários dias que meu primo me acompanha num dos meus rolês. Caminhamos por Alpacoma. Tayson compra *El Diario* numa banca de jornais e me pede para ajudá-lo a encontrar trabalho nos classificados.

Tá procurando mais ou menos o quê?, pergunto.

Tudo, responde.

A notícia da possível paternidade não foi o balde de água fria que pensei que seria. Pelo contrário: Tayson me confessou que saber que será pai o deixou mais pé no chão. Antes da notícia eu não era nada, diz. O filho que está a caminho será sua âncora, o chute no traseiro que nos acorda e nos obriga a parar de perder tempo. Talvez nós humanos tenhamos filhos para deixarmos de matar a nós mesmos. Os pais transferem aos filhos o direito de matá-los. Talvez tenhamos — e criemos — filhos para deixarmos de ser nossos próprios assassinos.

Vai sentir saudades.

Diz o suboficial Pari no turno da manhã. Sete da manhã, Pari nos conta que o alto-comando deu sinal positivo para o licenciamento, que será realizado no próximo sábado. Vai sentir saudades nossas, diz. Em seguida, dá ordens para marcharmos até o campo de exercícios.

Chuquimia, o comandante de esquadra, não veio por causa de uma bebedeira épica, de modo que devo ocupar seu lugar. Nunca quis ser o que manda. Acho uma estupidez. Ser comandante de esquadra é ter uma responsabilidade a mais. Você caminha diferente. Comporta-se diferente. 'Squerda!, grita Pari, e sei que tenho um problema. Se tenho dificuldade com as conversões simples, as de comandante de esquadra serão impossíveis. O que foi, Pacsi?!, grita Sucre. Penso que vai me punir. Em vez disso, sussurra algo no ouvido de Pari e os dois riem, e sua risada me acompanha até chegarmos ao campo de exercícios, onde pago os primeiros polichinelos com agachamento.

Depois da primeira sessão de exercícios forçados, Sucre nos deixa descansar e Mamani aproveita para pegar o telefone. Vão curtir isso, diz. Aproxima o celular do meu rosto. Com uma voz de narrador de documentário, diz:

E aqui temos a cadela mais cadela de toda a Força Aérea: Pacsi.

Todos riem.

Mamani tem um canal no YouTube e diz que vai subir o vídeo do último dia de instrução nesta mesma tarde. Salas, que é o mais velho de todos porque repetiu dois anos no primeiro grau, mostra o dedo do meio quando a câmera enfoca seu rosto. Mamani modula a voz:

Esse aqui é o recrutossauro, mais conhecido como Salas. Seu habitat natural é o colégio, porque gosta de rodar e cursar o mesmo ano diversas vezes.

A notícia de que hoje será o último dia surpreende a mim e a todos. Odeio este lugar, mas mesmo no ódio mais visceral há um pouco de hábito, e o hábito gera nostalgia. Dino me contou que tinha lido num livro que não importa sua idade, os quinze anos sempre serão a metade da sua vida. Para mim, a metade da minha vida estará sempre neste último ano. Daqui em diante, tudo o que me acontecer será uma imitação atenuada de todas as minhas primeiras vezes: todas as pernas que eu acariciar serão uma versão fraudulenta das pernas de Esbenka, e todos os corpos terão este nome: Esbenka. Esbenka será Vida no dia que nos beijarmos na pracinha do tobogã e minhas mãos aproveitarem a ocasião para acariciar sua cintura; Esbenka será minha esposa; Esbenka serei eu, aos sessenta anos, quando me olhar no espelho e ver apenas os vestígios dela, marcas invisíveis às quais recorrerei quando for tomado pela nostalgia.

O passado tem corpo de fêmea.

Sucre pede que limpemos pela última vez o gramado junto à cerca. Nesse mesmo campo, quase um ano atrás, Tayson e eu sofremos nossa primeira punição: eu não tinha cortado o cabelo e ele havia esquecido a segundo estrofe do hino nacional.

Olhem, uma camisinha, que zoado, diz Aróstegui.

Dou dez pesos se você conferir se ainda tem leitinho dentro, diz Mamani.

Vai à merda. Por que não confere você?

Mamani filma as mensagens da grade. Fala com a câmera: se isso não é amor, não sei o que é.

De repente, os colegas que me acompanham na limpeza começam a falar sobre o que farão quando terminarem o colégio. A maioria diz que quer seguir carreira militar. Falam de entrar para o Colmil ou a Anapol.* Salas diz que estudará na Escola Militar de Engenharia.

A EMI?, pergunta Pacheco em tom de deboche. Esse lugar tá cheio de filhos de *cholo* da rua Eloy Salmón.

Depois da refeição, o subtenente Aldana nos informa que o coronel está visitando a base aérea. Não é o único visitante: uma fila de novos recrutas esperando sua vez de passarem pelo exame médico se estende a partir da porta da enfermaria; além deles, um grupo de estudantes de comunicação registra tudo o que vê pela frente para um documentário.

Mamani filma os que estão filmando e pede a Aróstegui, cujo celular é o mais moderno de toda a esquadra, para o filmarmos filmando, e pede que, se for possível, tenhamos todos um telefone à mão e continuemos essa sequência, pois assim teremos uma cadeia de filmagens que funcionará como metáfora para a cadeia de subordinação à qual fomos submetidos ao longo do último ano, e isso dará um toque artístico ao seu vídeo.

Deixa de besteira, Mamani.

O coronel passeia pela base aérea trajando moletom azul-marinho e quepe camuflado. Sua presença é imponente, típica de um gordo que, de tanto fazer exercício, se transformou num musculoso barrigudo.

Não se improvisa a vitória! É preciso se preparar para alcançá-la!, grita o batalhão inteiro quando entramos em formação no pátio central. É a última parte do dia, da história, e o coronel, do centro do retângulo, nos diz que Deus e a pátria estão acima de tudo.

---

* Siglas para Colégio Militar del Ejército e Academia Nacional de Policías. [N. E.]

A voz do coronel é tão alta que ele parece usar um microfone. Fala do país que defenderemos numa eventual guerra, um país do qual só conheço duas cidades e a silhueta de um mapa que recortei em papelão quando estava no ensino fundamental. Vocês são a geração que vai recuperar o mar, diz, mas esse mar terá um custo. Vão lutar. Precisam se preparar.

É o fim, digo a mim mesmo, o último dia de instrução, e repasso mentalmente todos os penteados que poderei usar depois que meu cabelo voltar ao tamanho normal. Imagino uma franja cobrindo parte da sobrancelha esquerda, parecida com a de Tayson e seus amigos emos, porém mais digna. Também penso no moicano de um loiro que vi certa feita em Calacoto. Laterais em máquina zero, pontas afiadas. Pergunto-me se meus cabelos espetarão o queixo de Esbenka ou Vida quando beijá-las no pescoço. Algo me diz que faço essa pergunta em vão. Nenhuma mina no horizonte, nenhuma espetada. Bem, só uma: as palavras do coronel, que espetam meus pensamentos como uma agulha que estoura um balão de água.

Boxe, vocês praticaram, não?

Mamani me põe a par: o coronel disse que vamos lutar entre nós. Por quê? Porque não quer confusão quando nos encontrarmos na rua. Hoje tudo acaba aqui, diz, hoje morre tudo: no próximo sábado já serão homens, e homens só lutam quando há uma guerra, não por bobagem.

Além do mais: é tradição. Alguns amigos reservistas nos contaram no nosso primeiro dia de instrução. Não acreditamos, porque achamos que era mais uma das histórias dos veteranos para encher nossa cabeça de maus presságios, como a história do avião da Segunda Guerra Mundial que por algum motivo caiu no terreno onde hoje fica o aeroporto ou do recruta que, segundo dizem, comeu fezes por ordem de Sucre.

Bohórquez nos explica como vai funcionar:

Alguém dá um passo à frente. Entregamos as luvas. Grita o nome do seu desafeto. Lutam. Podem se engalfinhar com alguém da sua própria esquadra ou de outra companhia. Também podem brigar com um instrutor ou um veterano. Se forem machos, claro. Cada esquadra tem direito a dois boxeadores, no máximo. Se ninguém quiser lutar, o comandante da esquadra deve pôr as luvas.

O primeiro a dar um passo à frente é Gaspar, camarada da companhia Alfa. Urquieta!, grita com uma voz que parece desconhecer a palavra medo. Urquieta deixa as fileiras da companhia Bravo. Um veterano entrega a eles luvas e capacetes de treino. Os dois pré-militares tiram a blusa. Gaspar é pequeno e seus movimentos me fazem pensar num macaquinho segurando uma adaga. Urquieta, por outro lado, é grande e obeso, e, pelos seus movimentos, é possível deduzir que de nada serve ser duas cabeças mais alto que seu oponente: no boxe, o importante é a técnica. O primeiro golpe de Gaspar é uma ode à eficiência das aulas de boxe que o suboficial Aldana ministrou aos recrutas da Alfa nos momentos de detenção: Urquieta sente o baque e dá dois passos para trás, o suficiente para seu adversário ganhar confiança e desferir o poderoso soco que o deita ao chão.

O coronel diz que já é suficiente.

Gaspar caminha até sua esquadra com cadência de gângster. Tudo nele é uma arma, e pela sua expressão sei que não deu o assunto com Urquieta por resolvido: algo nos seus passos me diz que tem vontade de mais e que, se não pegar Urquieta na saída, dará uma cotovelada de propósito em algum bêbado e continuará o que o coronel interrompeu. O seguinte a se apresentar é um colega cujo nome desconheço.

Pacheco!, grita.

Três Pachecos saem de três companhias distintas.

Especifique!, grita o coronel.

Convoco Pacheco da Charlie pra acertarmos as contas, meu coronel!

Sinto o suspiro de Pacheco na minha nuca. É medo, eu sei, e essa certeza esboça em mim um sorriso que preciso apagar de imediato. O camarada da Alfa tira a blusa: a camiseta verde--oliva fica colada no seu corpo, sinal de que se exercita. Penso que Pacheco não tem chance, mas, quando começam a lutar, o camarada resvala e Pacheco aproveita para golpeá-lo na nuca. O outro reage com um soco que mal roça o capacete. Pacheco parece se esquecer das regras e chuta seu oponente, e Bohórquez se apressa em separar os dois.

O coronel intervém:

Isso é jogo sujo, por acaso não aprenderam nada? Quem é seu instrutor? Os dois passarão o dia em detenção!

As lutas seguintes transcorrem na mesma dinâmica: alguns golpes laterais, alguém que comete um erro. A única contenda digna de lembrança é aquela protagonizada por duas moças pré--militares: lutaram mais de dez minutos, e se pudessem seguir não há dúvidas de que o fariam. O coronel as cumprimentou. Antes que a desafiante retornasse à sua esquadra, o coronel perguntou por que havia escolhido lutar com aquela pré-militar.

Ela faz bullying comigo no Facebook, meu coronel.

Chega a vez da minha esquadra e nenhum dos meus camaradas se oferece para acertar contas com ninguém. Devem ser cinco e meia da tarde. À distância, vejo Vida: é a mais baixa da sua esquadra e seu uniforme se destaca por ser mais justo que o das colegas (me contou que fez umas pences para ajustá-lo um pouco). Sinto seus olhos esperando que eu dê o primeiro passo, o que cabe a mim não por ser comandante de esquadra, mas por ser homem.

O coronel pergunta se não há voluntários. Dou um passo à frente.

Quem o senhor quer desafiar, Pacsi?

O suboficial Sucre, meu coronel!

Sei que Mamani está filmando tudo, e por isso tenho o cuidado de caminhar até o centro do pátio com determinação. Imito o caminhar de Gaspar, sua cadência, sua silhueta de macaquinho segurando um punhal.

Evito olhar para Sucre: estabelecer contato visual com ele seria calcular a magnitude da minha derrota.

Tiro o blusão. Sucre se aproxima a passos enérgicos (de fato, são os passos mais ressoantes que escutarei na minha vida até os sapatos de salto daquela mulher descendo as escadas de uma casa vazia, vários anos depois). Bohórquez põe o capacete em mim, me entrega as luvas.

Estão úmidas.

Só quando levanto a guarda noto que Sucre não está de capacete. Dá pequenos saltinhos. Encaixa um direito em mim.

É como na tevê: vejo embaçado, dois Sucres, e só faltam estrelinhas girando ao redor da minha cabeça para completar o lugar-comum. Uma vez, alguns anos atrás, Lucas, meu pequeno sobrinho, me tirou do sério e dei um sopapo nele para me vingar. Para não me sentir tão humilhado, penso que os socos que recebo são o carma por ter me aproveitado de alguém muito mais fraco que eu. Um novo gancho: mais estrelinhas. A regra determina que um combatente pode receber no máximo cinco golpes seguidos sem reagir; depois disso, Bohórquez deve interromper a luta e declarar vencedor quem atacou mais. Preparo-me para o quarto golpe e Sucre dá voltinhas ao meu redor, como se procurando o melhor ângulo para o nocaute.

O importante é que sigo de pé, então ninguém poderá dizer que Pacsi caiu antes da hora. Pensar nisso renova minhas energias: levanto a guarda e Sucre para de mover os pés. Ocorre de forma quase automática: o suboficial está prestes a finalizar com um gancho no abdômen, mas eu me adianto e chuto o meio das suas pernas. Bohórquez se aproxima para me afastar; o coronel dispara um palavrão contra mim. Sucre fica de cócoras e se retorce como uma criança que levou uma bolada lá onde dói mais. Detenção!, grita o coronel. O senhor não merece o certificado! Bohórquez tira minhas luvas. Desfaço-me do capacete. Ergo minha blusa do chão e alguém assovia de uma das companhias. Os assovios se replicam: me sinto como um jogador de futebol que perdeu um pênalti e precisa aguentar as vaias de um estádio inteiro. Caminho até minha esquadra com o rosto cheio de vergonha, mas, ao mesmo tempo, orgulhoso por ter estragado a noite de Sucre. Hoje é sábado e, como todo mundo sabe, os instrutores irão ao prostíbulo localizado a duas quadras da base aérea. Segundo contam, alguns vão de uniforme mesmo. Pobre Sucre: ficou sem sexo hoje, embora nada disso importe. Amanhã voltará a ser ele, irá a algum puteiro da rua Doze, voltará para casa à noite, beijará os filhos, falará com a esposa, não terá vontade de comê-la porque o sabor da puta seguirá no seu corpo, dormirá em paz, acordará às seis, tomará uma ducha, beberá café com pão pela manhã, prestará continência a um superior, incomodará algum novato, olhará no celular a lista de moças pré-militares da nova convocação e sorrirá ao perceber que várias jovens têm o mesmo sobrenome da garota que costumava comer no hangar dos helicópteros, falará na recepção aos alistados, cantará o hino nacional, olhará para a tricolor, se emocionará com o trecho que diz "Da pátria/ o alto nome", recordará seus dias na escola de sargentos, quando aos dezoito anos entendeu que a única coisa que queria da vida era mandar e ser mandado, subordinação e constância, cantará como nunca cantou, porque o sexo renova as energias, olhará o corpo dos soldadinhos e se sentirá melhor que eles, olhará suas peles cheias de sulcos e se sentirá mais importante, mais branco, gritará viva Bolívia!, os soldadinhos o imitarão, montará as filas e se preparará para um novo dia de instrução, um novo dia para servir a pátria, a filha predileta do Libertador.

Essa puta chamada Bolívia.

Tayson diz que Araceli fez os cálculos e que é impossível o pai não ser ele.

Como pode ter tanta certeza?, pergunto. Mas Tayson não responde. Está emocionado. Diz que, se for menina, se chamará Yang Mi, e, se for menino, se chamará Sux.

Nessa noite saio com Vida e, quando a deixo na porta da sua casa, nos despedimos com um beijo na boca. No dia seguinte, matamos aula para passear na lagoa de Cota Cota. Levamos quase duas horas para chegar. Vida se assusta com os patos, e então, a cada vez que nos beijamos, ela se afasta imediatamente por medo de um deles começar a bicá-la.

Almoçamos num restaurante de Chasquipampa. Por conta dela.

E como foi a detenção no sábado?, pergunta.

Não foi tão ruim. Meia hora de exercícios. Depois precisei lavar o carro de uns superiores. A merda é que, como não tinha luz, não sabíamos se já estava limpo ou não.

Não pode ser. O Sucre deve ter ficado com vontade de te matar.

Óbvio. Esse era o meu maior medo. Era o que mais me perturbava, mais que os exercícios de castigo. Eu tinha medo de que aparecesse e quebrasse minha cara ali mesmo. Por sorte, não apareceu durante toda a detenção.

Bem, no sábado acaba tudo. E, me conta, já sabe o que vai estudar?

A pergunta me dói mais que todos os exercícios de castigo do mundo. Respondo:

Não. Talvez não estude. Talvez vire comerciante. Quero juntar um capital e abrir meu negócio.

Vida fica em silêncio. Por fim, diz:

Se seu negócio tem a ver com algo que você ama, vai se sair bem. Vi na TV a cabo a história de umas garotas dos Estados Unidos que vendiam histórias em quadrinhos cujos protagonistas eram os clientes. Ou seja, você dizia a história que queria e elas desenhavam a história com você nela. Era legal. Ninguém achava que iam se dar bem, mas mostraram ao mundo que dá pra transformar em dinheiro qualquer coisa feita com amor. Talvez, se você encontrar algo de que gosta muito, as pessoas percebam que você se dedica de coração e comprem seus produtos.

Amor?, pergunto em tom de deboche. Eu venderia qualquer coisa. Meu negócio é ganhar grana, cash. Meu amor é pelo dinheiro.

Voltamos a El Alto de teleférico. No trajeto, Vida me ajuda a pensar em estratégias para abrir meu próprio negócio. Gosto de Vida. Gosto de verdade. Quando estou com ela, é como se as centenas de cérebros que habitam minha cabeça se apagassem. Na maior parte do tempo me sinto assim: como se tivesse cem cérebros. Cada um deles produz dezenas de pensamentos, inclusive nos momentos de maior tensão, como nos segundos em que Sucre me dava uma surra. São cérebros mal-intencionados, porque jamais me ajudam quando preciso deles — no colégio, por exemplo —, e ao invés disso projetam mil possibilidades na minha mente e conjugam minhas ações de todas as maneiras possíveis: no passado, no futuro, na condicional. Um "vejo pornografia no meu quarto" se transforma em "vi pornografia no meu quarto", e a lembrança se interpõe entre meus olhos e a tela, como uma catarata mnemônica que faz com que minha vida transcorra sempre através de um filtro. Agora não há pureza em mim. Mas, quando estou com Vida, a metade desses cérebros desliga e vivo no presente sem tanta contaminação do passado.

Sobrevoamos Sopocachi. Vida tira uma selfie e publica na hora no Facebook. Não quer que eu tire uma sua?, pergunta. Cubro o rosto com as mãos.

Chegamos a Ciudad Satélite por volta das duas da tarde. Vida precisa entrar num banheiro público para vestir de novo o uniforme. Na pracinha do tobogã, damos o beijo mais longo desde que nos conhecemos. Minhas mãos descem até suas nádegas. Vida pega meus pulsos e as retira do seu traseiro. Tento de novo, mas dessa vez ela se afasta e diz que não está pronta para isso. Seguro a mão dela e caminhamos rumo à sua casa.

Na Avenida del Policía, o tráfego é tão intenso que precisamos atravessar a toda a velocidade. Um cachorro que nos espera na calçada da frente late assim que chegamos. Quer nos morder.

Vida e eu corremos de mãos dadas por toda a rua pavimentada. Quando já nos afastamos o suficiente do cão, um segundo cão — este maior e com uma cicatriz rosada no focinho — late para nós enfurecido, e seus amigos cães se juntam aos latidos. Vida me abraça, protege-se com meu corpo. Em poucos segundos há uns dez cães latindo ao nosso redor e a única ideia que me ocorre é tirar o sapato e ameaçar aquele que parece ser o macho alfa. Nisso surge uma senhora com uma vassoura. Afugenta os cães.

Fica apenas um vira-lata branco encardido. Esse eu conheço, diz Vida. Mora perto da minha casa. Só pode ter vindo nos defender.

Não compareço ao licenciamento por causa de uma gripe forte. Tenho febre. Todo o meu corpo dói. Meu pai veste sua roupa de festa para me motivar e pede que minha mãe faça o mesmo. Ela diz que não tirará o pijama até me ver recuperado.

A febre me provoca pesadelos, alucinações. O sonho, contudo, tem episódios de total placidez, uma pradaria de paz onde minha mente se revolve como não fazia há meses. Sonho com Vida, com Esbenka. Não há nada de sexual na presença delas. São, antes disso, dois entes incorpóreos, seres de palavras, sons, hálitos. O hálito de Esbenka é o de odorizante de banheiro. O de Vida é de terra molhada. Sinto vontade de lambê-la, mas quando boto a língua para fora não há nenhum corpo à minha frente. Apenas um barranco como aquele em que meu pai conta ter caído uma vez. E, abaixo, cães, sujeira. Acordo por volta das cinco da tarde e a primeira coisa que faço é olhar o telefone. Tayson me mandou uma foto em que ele e Araceli estão no que deve ser um mirante e dão um selinho. Meu primo está cada vez mais gordo. Ela aos poucos vai ganhando cara de mãe. Alguns dias atrás, Tayson me disse que a melhor parte da gravidez é que os peitos da mulher crescem e ele espera ansioso por esse momento. Justiça de Deus, disse em português. Quando conheci ela, não tinha peitos, agora Deus vai me dar peitos porque fui uma pessoa boa. Sou tomado pelo sono quando penso em Araceli e o filho que abriga dentro de si. A febre é como a maconha: alinha teorias que parecem geniais enquanto a fumaça corre, germina ideias que, na hora, parecem a solução para todos os seus problemas. Penso no certificado guardado numa gaveta da base aérea na minha foto pacsi com corte de recruta na *wiphala* na tricolor sucre o cheiro de vida no sonho seu cheiro na vida real a terra o colégio dino seus livros as nuvens de el alto o futuro o futuro a vida real está em outro lugar disse dino o avião em que tayson chegou seu filho meu sobrinho o filho do seu sobrinho o filho do meu filho o revólver do tio casimiro meu pai como soldado os beijos de vida os nomes talhados em tunupa o futuro na outra esquina um posto feria 16 de julio meu cabelo crescendo os penteados o cabelo comprido meu certificado de reservista a coisa mais valiosa que tenho sinto vontade de jogar no vaso e depois dar descarga meu pai enfiaria as mãos na merda só pra recuperá-la.

Minha saúde melhora depois de dois dias. É segunda-feira, uma da tarde. Meu pai entra no meu quarto de repente. Minha mãe o acompanha.

Quem você pensa que é, seu merdinha?!, diz segurando meus ombros.

Não precisa dizer mais nada: a fúria no seu olhar é a mesma do tio Waldo quando ficou sabendo que o filho tinha desertado do pré. Meu pai diz que sou um vagabundo, um mal-agradecido. Que sou uma vergonha, a vergonha da família. Vai fazer o quê, sem diploma do ensino médio? Que vergonha. O diretor me olhou como se eu fosse lixo, aquele anão de merda. Quem você pensou que era? E minha mãe chora. Baixinho, como quando minha irmã me dava um soco e eu precisava conter a intensidade do pranto para meus pais não a castigarem. Minha mãe chora baixinho porque sabe que, se chorar mais alto, meu pai vai me dar uma surra de vara.

Fora daqui, diz já mais calmo.

Pega as peças de roupa que estão esparramadas numa cadeira e as enfia na minha mochila de recruta. Tem cinco minutos pra sair desta casa.

Sai do quarto levando minha mãe pelo braço. Há uma paz no ar, uma paz de guerra recém-encerrada, de bandeiras brancas e soldados manetas que sorriem porque não há mais balas, mas que em seguida voltam a se preocupar porque imaginam a cara das suas namoradas ao verem seu estado. Tomo um banho. Me visto. Guardo na mochila um livro que Dino me deu.

Desço as escadas sem fazer barulho. Quando estou prestes a abrir a porta da rua, minha mãe me surpreende com uma voz de fumante derrotada: vai pra onde, moleque?

Me manda para o quarto e tudo o que quero nesses segundos é falar com Vida, escutar sua voz. Não posso escrever a ela porque estou sem crédito no celular. Então espero até de tarde, quando meu pai sai para se exercitar no parque e minha mãe vai à casa de d. Silvia para se reunir com suas amigas *pasanakeras*.* Vou até uma cabine telefônica. Digito o número de Vida.

Tenho só quarenta centavos.

Não é o suficiente para contar minha história.

---

* Referência ao sistema *pasanaku*, espécie de consórcio gerido por pessoas que se conhecem e confiam umas nas outras. [N. E.]

V

Desde que voltou do Brasil, não houve um único dia em que a família de Tayson não tenha pensado em recuperar as coisas perdidas na sua vida passada. Começaram vendendo roupas usadas na Feria 16 de Julio e, depois de um tempo, juntando o capital que tinham ganhado com a costura nos seus anos paulistas, compraram uma fritadeira e abriram um restaurante de frango frito.

Foram bem, pois tiraram até a última casquinha do estabelecimento: pelas manhãs, quando ninguém comia frango frito, o local servia de call center e eventual loja de roupas usadas. Não se passaram nem dois anos e o apartamento de Tayson se tornou o mais brilhante do edifício dos irmãos Pacsi. Devem estar envolvidos com traficantes, dizia meu pai.

Venderam o ponto e com o dinheiro pensam em voltar para o Brasil. A grana tá lá, diz tio Waldo. Tia Corina é a mais entusiasmada com a ideia: embora já esteja vivendo há mais de dois anos na Bolívia, a altitude sempre a faz passar mal. Quando fala em arroz com feijão, seus olhos se enchem de lágrimas.

Anunciam sua partida na janta em que Tayson torna pública a relação com Araceli. Tio Waldo levou para a sala dez caixas de cerveja Paceña e, depois de abrir a primeira breja, pede a palavra.

Diz que vão porque seu lugar é lá, em São Paulo. Diz que vão porque têm asas, não por não gostarem da Bolívia. Parabeniza Tayson pela família que está prestes a formar. Você também tem suas próprias asas, diz. Seu ninho está aqui. Tia Corina quer tomar a palavra, mas meu tio diz "saúde aos noivos!" e enche os copos dos comensais.

Faz um brinde ao casal.

O verão passa voando. Vida passa no vestibular de arquitetura e mal pode esperar o início das aulas na universidade. Nunca chegamos a trepar e brigamos por isso. Passo quase todas as tardes em sua casa, escutando os álbuns que põe no celular e ouvindo suas opiniões sobre cada um deles. Quando fala de música, usa o mesmo tom dos nerds que querem explicar por que os filmes de super-herói não são uma chatice supervalorizada, e sim algo que vale a pena. É uma intelectual da música, uma conhecedora do rock alternativo que usa seu conhecimento não para me esclarecer, mas para escancarar minha ignorância sobre o assunto.

Terminamos na véspera de Natal, depois que conto que vou para São Paulo. Minha decisão de acompanhar tio Waldo e tia Corina foi tão precipitada que às vezes penso que o desejo de partir sempre esteve dentro de mim. A proposta surgiu dois dias depois do jantar. Estava ajudando tio Waldo a instalar um sofá que tinha comprado para minha avó. Acomodamos o móvel na sala dela e, como quem deseja atacar o silêncio com qualquer coisa que tenha em mãos, ele perguntou: e agora, o que você vai fazer? Respondi que pretendia cursar o último ano num colégio noturno e, talvez, trabalhar num posto telefônico. Deve ter percebido a indecisão na minha resposta, pois lançou sua oferta sem vaselina, como uma pancada:

Vem com a gente.

Perguntei pra onde, e ele disse: onde mais? Pro Brasil. Lá se ganha bem. Minha avó apareceu e ralhou com ele em aimaranhol. Tínhamos colocado o sofá no lugar errado e agora precisávamos movê-lo.

Não voltamos a falar disso até pouco antes do Natal. Mas a ideia dava voltas na minha cabeça. Quis falar sobre o assunto com

Tayson, mas ele andava muito ocupado trabalhando para o filho que estava a caminho. Entrei em contato com Dino: me disse para encontrá-lo, pois tínhamos muito que conversar; me passou o endereço do banheiro público onde trabalhava como caixa.

Fui vê-lo naquela mesma tarde. Conversamos através do vidro que separa o cobrador dos cagões.

Tenho amigos lá, disse assim que falei sobre o assunto.

Licencinha, jovem, disse uma senhora que queria pagar.

Assim você não vai se sentir tão sozinho, rapaz.

Parecia mais animado. Dino voltava a ser Dino: falou de política, da história do Brasil, dos seus parentes costureiros na Argentina. Cheguei a uma conclusão, disse. Morei em Buenos Aires e tenho um montão de amigos no Brasil. Também viajei pelo norte do Chile e conversei com os bolivianos das minas. E acho que todos os países latino-americanos são a tentativa fracassada de alguma coisa. A Argentina é uma tentativa fracassada de Europa. O Brasil é uma tentativa fracassada de ser os Estados Unidos. A pergunta central é: a Bolívia é uma tentativa fracassada de quê?

Moço, disse um engraxate com gorro de esqui, será que você pode me fornecer mais papel higiênico se eu der mais vinte centavos?

Meu destino é selado no jantar de Natal de 2014. Tio Buenaventura chegou da Argentina e a primeira coisa que nos conta é que sua filha, minha prima Tami, venceu o campeonato sub-13 organizado por um clube da sua cidade. Tanto meu pai como eu sabemos que a qualquer momento tio Buenaventura perguntará pela formatura que não aconteceu, então ambos nos esforçamos para fazê-lo continuar falando sobre a filha. Assim, a conversa do jantar é repleta de termos ligados ao tênis: foi um set fodido, viu, o saibro era uma desgraça, vou chamá-la Serenita, porque joga igual a Serena, ganhou uma bolsa no Country, viu, as raquetes Wilson são as melhores. Tio Waldo interrompe um monólogo sobre os saques de Nadal para perguntar ao tio Buenaventura se ele enfim se animará a passar um Carnaval no Rio de Janeiro com ele no ano que vem, como havia prometido.

O tio agauchado responde com o tom mais solene que sua voz empolgada é capaz de modular: acho que não, maluco, do jeito que anda a economia.

Além disso você é muito cagão, diz tio Waldo.

Todos na mesa riem. Tayson tem dificuldade para terminar a bebida. Assim que se recupera, diz que no Rio só tem droga e bandido.

Outro cagão, diz tio Waldo. E acrescenta: quem não é cagão é o moleque aqui, tá vendo?

Olha para mim arqueando os olhos. Todos olham para mim.

Vamos pro Brasil, né, sobrinho?

Sei que meu pai vai explodir, então não digo nada. Meu tio aproveita o tempo em que meu pai organiza as balas de artilharia na ponta da língua para contar seu plano à família. Vai trabalhar numa oficina de costura, diz, ainda temos contatos. Vai ganhar pouco, mas assim vai pegando experiência. Depois pode trabalhar como administrador num armazém. Ali já vai ganhar melhorzinho. Vamos nos encarregar do seu visto e coisas do tipo. Ele nos ajuda e nós o ajudamos. O rapaz já é grande. Em menos de um mês faz dezoito. Volta pra Bolívia dentro de cinco anos com algum capital. Pode estudar. Ou até comprar um diploma. Mais fácil.

Contrariando todos os prognósticos, meu pai não diz nada. Bebe de seu copo com a melancolia de um bêbado que ouve uma dessas músicas melosas que falam de dor de corno. Acaricia a barba há dois dias sem fazer. Evita estabelecer contato visual comigo. Minha mãe, que pelo seu tom de voz me parece já ter discutido o assunto com meus tios, diz que não tem dinheiro para pagar minha passagem de ônibus.

Ora, a gente paga, diz tio Waldo. Gente, o moleque vai de avião até São Paulo. Afinal, precisa chegar em grande estilo.

Naquela noite, escrevo para Vida contando que já tenho data marcada de partida. Ela me dá os parabéns. Envia o link de uma canção em inglês cuja letra, segundo explica, fala de um rapaz que vai fazer uma viagem e em nenhum momento olha o que está deixando para trás.

Vida tenta puxar assunto, mas desligo o celular. Fico incomodado por ela não querer me dissuadir.

Nasci um pouco nos Andes. E minhas outras partes nascerão numa ilha.

Ontem à noite nos chegou a notícia de que tio Casimiro, que mora no Chile, foi preso quando tentava entrar com mercadorias na Bolívia de forma ilegal. Dias antes, algumas pessoas do clã do meu tio haviam incendiado viaturas como forma de advertência. A polícia se deixou intimidar. Mas os camponeses que acobertavam meu tio, não. Meu pai contou que tio Casimiro tinha esquecido de pagar a mensalidade dos camponeses que escondiam seus produtos de contrabando, deixando-os furiosos. Um dos responsáveis por guardar televisores contou tudo à polícia, não sem antes vender a mercadoria no lado chileno e fugir para algum povoado escondido em Los Andes.

A viatura em chamas apareceu num vídeo na internet. A fumaça é abundante e preta, e ao longe se divisa a cordilheira.

O avião decola na tarde do meu décimo oitavo aniversário. Minha mãe e minha irmã se despedem de mim no aeroporto. Meu pai não quis vir.

Tio Waldo e tia Corina partiram de ônibus há uma semana, pois, segundo disseram, queriam fazer algumas paradas em outras cidades da Bolívia, mas tenho certeza de que decidiram viajar por terra porque minha passagem de avião lhes custou mais que o esperado.

Despedi-me de Vida ontem à tarde. Ela me deu de presente um CD dos Smiths. Acho que fez isso não para eu ter uma lembrança dela, mas para não passar um aperto quando meus futuros amigos paulistas e eu conversarmos sobre música. Caminhamos até o mirante da Virgem. Nos beijamos furiosamente: ela mordeu meu lábio inferior e eu passei as mãos por debaixo da sua blusa. Nisso apareceu um policial. Aqui não é um motel, jovens.

Saí com Dino e Tayson à noite. Dino havia recuperado o cabelo, e sua boina de guerrilheiro tinha um bordado no centro: um escudo do Boca Juniors. Estava em melhor forma, embora algo no seu rosto ainda demonstrasse a miséria em que se encontrara havia pouco tempo. Tayson parecia dez anos mais velho. E não estou exagerando. Agora tem dois trabalhos e em ambos precisa carregar peso. Me pagou uma cerveja Huari e me ensinou os cumprimentos em português.

Antes que eu me despedisse, Dino me entregou um pacote. Tinha forma de tijolo e estava forrado com papel-alumínio.

É pro meu camarada que mora lá, disse. Mais tarde te passo as coordenadas.

Perguntei o que havia ali dentro e disse que era algo muito, mas muito pessoal. Recomendo levar na mala grande, a que vai na parte traseira do avião. Nem pensa em abrir, mané.

Nem um único abraço fraterno antes de entrar no avião. Nem um vou sentir saudades. Esperei até a meia-noite, em vão, que Vida me enviasse uma mensagem declarando seu amor e me pedindo para não ir. Acordei no dia seguinte com a sensação de estar fazendo o que tinha de fazer. Rezei baixinho, pedi a Deus que cuidasse de mim. Acariciei Tunupa para que me trouxesse boa sorte. Meu único arrependimento foi ter feito tudo de um jeitinho tão formal: fantasiei que roubava o dinheiro que minha mãe guarda no saquinho escondido debaixo do colchão, comprava uma passagem para o Brasil por conta e partia sem dizer nada a ninguém.

Me despedi da minha mãe e minha irmã com um aceno de mão. Sei que seus olhos me seguem enquanto caminho até a sala de embarque. Também sei que pensam o mesmo que eu: nem um abraço fraterno desse mal-agradecido, nem uma lágrima. Seus olhos, seus olhos e sua mente me seguem como sei que me seguirão em cada coisa que fizer em São Paulo. Me seguem, me perseguem, e pedem apenas que eu dê meia-volta para nossos olhares se encontrarem pela última vez, um último segundo de arrependimento, de perdão, todo dramático, bem hollywoodiano.

E eu concedo: minha mãe acena de longe com a mão e eu faço o mesmo.

No avião, estou uma pilha de nervos. Demoro para abrir a porta do compartimento de bagagem de mão e isso atrapalha as pessoas que esperam atrás de mim.

A aeromoça me ajuda. Sabe qual o assento?, pergunta. Digo que não. Pega minha passagem e me leva até minha poltrona. Sortudo, diz com voz amigável. Ficou na janela.

Uma serenidade — a primeira dos últimos dias — me invade assim que apoio a cabeça na janela. Do outro lado, um homem de colete alaranjado dá indicações para alguém ou alguma coisa.

A calma, no entanto, dura muito pouco: a aeromoça pede para ajustarmos os cintos de segurança e, por mais que eu tente diversas vezes, não consigo fechar a fivela. A mulher ao meu lado — percebe-se a quilômetros de distância que é estrangeira — ajusta o cinto para mim e seu dedo roça no meu pênis encolhido.

O avião sobe. De repente, a cidade se transforma numa maquete e alguns segundos depois vira um mapa. Um mapa orográfico, desses que não têm linhas divisórias e por isso me parecem tediosos. Pego o telefone para tirar fotos. Mas no mesmo instante lembro do conselho que Dino me deu na vez em que contou sobre sua primeira viagem de avião:

Não tire fotos. O problema das fotos é que substituem o pensamento, a memória. Imagine que você tira várias fotos. O tempo passa, e quando quiser se lembrar da cidade vista do avião, você se lembrará da imagem das fotos, não do que você viu.

Quando já ultrapassamos a zona das montanhas e ingressamos no céu do que deve ser Santa Cruz, sinto-me a pessoa mais solitária do mundo. De nada ajuda que a mulher à minha direita sorria sempre que olha para mim. Ou que dois assentos à frente o chapéu de uma mulher balance como se a dona estivesse dizendo que não. Ou que Evo me olhe do pacote de biscoitos que a aeromoça acaba de nos entregar. No ar, nada é familiar.

Quando parti, eram cerca de quatro e meia da tarde. Agora já devem ser cinco. Embora hoje não tenha feito nada além de arrumar minhas malas, sinto-me exausto. Pego o telefone, ponho os fones. Me perco na cadência de uma cúmbia dos anos 90 e fecho os olhos. Quando volto a abri-los, sinto uma dor nos ouvidos e do outro lado da janela já é noite. Lá embaixo, um milhão de luzes cintilam como estrelas caídas sobre um oceano negro.

Parecem as estrelas dos morros de La Paz. Mas não.

São as luzes de São Paulo.

Meus primeiros dias na cidade são interessantes e solitários. A casa dos meus tios fica na Zona Leste de São Paulo. É um edifício onde não vive um único brasileiro. Os peruanos do térreo me confundem com um compatriota. No andar de baixo, mora uma família de congoleses. O homem se chama Charle e a mulher se chama Marie. Discutem o tempo todo. Seus gritos me despertam todos os dias por volta das seis da manhã.

Não verei uma máquina de costura até sexta-feira, quando a oficina que meus tios compraram passará oficialmente para as suas mãos. Almoçamos na casa de Freddy, um compatriota que vende bonés na avenida Paulista. Sua história é interessante: vive em São Paulo há vinte anos; nasceu num vilarejo interiorano, Escoma; e jamais pisou em La Paz, exceto para pegar o ônibus que o traria até aqui. Do campo à maior cidade da América Latina, diz. Assim, direto. Nem sequer sabia falar espanhol. Aprendeu aqui.

O dia nublado. Cheguei ao Brasil num sábado, o último sábado de janeiro, e hoje já é quinta-feira. Amanhã será meu primeiro dia de trabalho, então vou aproveitar hoje. Graças ao GPS, a cidade intimida menos do que eu esperava: ser a bolinha azul do Google Maps é a maior segurança que experimento em anos. Também ajudam os mapas do metrô e Tayson ser torcedor do Corinthians: a linha de metrô que te traz para casa é Corinthians-Itaquera. Chama-se assim. Lembra do seu primo.

Dez da manhã. Guardo a jaqueta numa das mochilas que trouxe, a menor. Puxo o zíper e encontro a encomenda de

Dino embrulhada no papel-alumínio. A curiosidade me vence. Tiro o invólucro.

É cocaína.

Sinto vontade de escrever para Dino e xingá-lo. Mas, ao invés disso, monto uma fileira com o cartão do metrô e cheiro pela primeira vez na vida.

Ajeito a jaqueta na mochila. Saio.

São Paulo é um bloco colossal de cimento que nada tem a ver com a ideia praiana de Brasil vendida pela mídia. Homens de terno e mulheres de rosto comprido. Olheiras sobre peles brancas. Olheiras sobre peles café com leite. E tudo nas pessoas parece dizer: trabalho trabalho trabalho.

O céu cinzento. Caminho pela avenida Paulista e, embora seja a segunda vez que ando por aqui, sinto-me um velho lobo urbano e cantarolo o coro de um rap que Vida me recomendou. Numa esquina, vejo um boliviano vendendo shorts com o escudo de times europeus.

Vinte reais, diz quando me agacho para observar sua mercadoria.

Antes de eu entrar no avião, Dino me mandou uma mensagem pedindo encarecidamente que eu não abrisse o pacote e pedindo para eu não demonstrar nervosismo sob hipótese alguma durante a revista das malas. Depois me desejou boa sorte e disse que já tinha a resposta.

Resposta do quê?

Já sei do que somos uma tentativa fracassada, respondeu. A Argentina é uma tentativa fracassada de Europa, o Brasil é uma tentativa fracassada de Estados Unidos... e a Bolívia é uma tentativa fracassada de não ser a Bolívia. Entende, maninho?

Me afasto do vendedor de shorts e caminho sem rumo certo. Pela primeira vez em todos esses dias sinto saudade de Tayson, de Vida, dos meus pais; até de Dino, esse filho da puta.

É verão, faz trinta e três graus. De modo que pensar na Bolívia é como sentir um sopro de ar frio. É o rosto assustado de Tayson, a franja ressecada na sua testa. É o olhar de Esbenka, seus olhos-barranco, olhos-vagina, dizendo-me que mergulhei no ponto mais profundo deles e jamais poderei sair. É o pó formando rostos, é o barro, a chuva, minha casa, minha avó.

É:

© Gabriel Mamani Magne, 2019
c/o Agencia Literaria CBQ, SL

Todos os direitos desta edição reservados à Todavia.

Grafia atualizada segundo o Acordo Ortográfico da Língua
Portuguesa de 1990, que entrou em vigor no Brasil em 2009.

capa
Elisa v. Randow
ilustração de capa
Zique Girão
preparação
Silvia Massimini Felix
revisão
Jane Pessoa
Gabriela Rocha

Dados Internacionais de Catalogação na Publicação (CIP)

Magne, Gabriel Mamani (1987-)
  Seul, São Paulo / Gabriel Mamani Magne ; tradução Bruno
Cobalchini Mattos. — 1. ed. — São Paulo : Todavia, 2024.

  Título original: Seúl, São Paulo
  ISBN 978-65-5692-593-6

  1. Literatura boliviana. 2. Ficção contemporânea.
3. Bolívia — cultura. I. Mattos, Bruno Cobalchini. II. Título.

CDD B860

Índice para catálogo sistemático:
1. Literatura boliviana B860

Bruna Heller — Bibliotecária — CRB-10/2348

todavia
Rua Luís Anhaia, 44
05433.020 São Paulo SP
T. 55 11 3094 0500
www.todavialivros.com.br

fonte
Register*
papel
Pólen natural 80 g/m²
impressão
Geográfica